金正洪◎著

爱在阳春

任海日报
出版社

图书在版编目（CIP）数据

爱在阳春 / 金正洪著. -- 北京：经济日报出版社，
2021.2
ISBN 978-7-5196-0860-6

Ⅰ.①爱… Ⅱ.①金… Ⅲ.①报告文学-中国-当代
Ⅳ.①I25

中国版本图书馆 CIP 数据核字（2021）第 035505 号

爱在阳春

作　　者	金正洪
责任编辑	王　含
责任校对	蒋　佳
出版发行	经济日报出版社
地　　址	北京市西城区白纸坊东街 2 号（邮政编码：100054）
电　　话	010-63567684（总编室）
	010-63584556　63567691（财经编辑部）
	010-63567687（企业与企业家史编辑部）
	010-63567683（经济与管理学术编辑部）
	010-63538621　63567692（发行部）
网　　址	www.edpbook.com.cn
E - mail	edpbook@126.com
经　　销	全国新华书店
印　　刷	成都兴怡包装装潢有限公司
开　　本	880mm×1230mm　1/32
印　　张	9.25
字　　数	200 千字
版　　次	2021 年 2 月第一版
印　　次	2021 年 2 月第一次印刷
书　　号	ISBN 978-7-5196-0860-6
定　　价	59.00 元

2019年3月5日，在雷锋小学举行的学雷锋活动中，成立了稠江专职消防队、苏溪学涯教育学雷锋服务队。图为吴滨、黄东昌挥动队旗。

2019年8月1日，在"庆八一爱心结对活动"中，来自湖北省来凤县沙坨小学的老师向"警卫连善爱团队"赠送锦旗。图中从左至右：学校副校长饶为炎、原警卫连指导员柯杞进、正洪爱心公益协会会长龚小忠、学校德育主任何利宾。

2019 年 6 月 1 日，警卫连善爱团队赴江苏东海李埝学校开展爱心助学。图中从左至右：蒋雪方、杨爱清、金正洪、宫文、陈全学、朱海平在学校"正洪书屋"门前合影。

"六一"前，警卫连善爱团队、义乌市政协丹心服务队、义乌市台联、稠江消防学雷锋服务队对"最懂事的女孩"宋颖进行帮扶。

2020 年春，带着将军的深情厚意，把原坦克二师政委陆凤彬的书法作品"仁爱"送到福田小学。图中从左至右：何青英、金正洪、丁萍萍、陈德松、龚小忠、缪文中在学校合影。

2020年5月，参加对云南省保山县新华乡中心小学爱心结对的陶维永（后排右五）、龚小忠（后排左二）、缪文中（后排左五）、楼云星（后排左六）、陶维永（后排右五）、吴婷婷（前排右一）、陈芳玲（前排右一）、叶香芳（前排左一）等。

2020年2月26日，带着协会善友满满的爱意，把价值15万元的7吨医用酒精、消毒液、防护口罩等送往湖北省来凤县中心医院。图为朱跃琪、金正洪、龚小忠、楼关海、龚辉东、王文军在装车现场。

2019年，由建立了30多年的原"警卫连善爱团队"在商城义乌注册登记为义乌市正洪爱心公益协会。图为参加成立大会的全国各地善友张福良、黄志凯、陈全学、朱海平等合影。

2020年"八一"，原坦克二师政委、上海警备区副政委张龙（左二）参加爱心结对活动，与金正洪（左一）、窦芒（中）、龚辉潮（右二）、龚小忠（右一）合影。

2020年"六一"，"善爱进校园"活动在义乌市雪峰中学进行。图为雪峰中学校长张林人（左二）与参加活动的爱心人士合影。

聘请原政协副主席刘峻（中）为协会名誉顾问。图为金正洪（左）、龚小忠为刘峻颁发荣誉证书。

参加"八一爱心活动"的警卫连战友与新四军老战士朱光合影。前排：吕德水、龚辉潮、刘峻、张龙、窦芒、李农、金正洪，中排：张福良、彭伦祥、李平伙、陈全学、刘华富、王一飞、黄海芳、袁荣行、罗莆，后排：周芳鑫、斯双红、李继云、黄正华、曹波、李良卫、路军、宋水言。

爱心活动离不开善友的大力支持与参与，因为有他们，善爱才行之更远。图为参加爱心捐赠的龚辉潮、楼葵芳、楼关海、张晓荣。

为抗击疫情的英雄送上最真诚的祝福。图为参加慰问的龚小忠、何青英、楼关海与义乌市中心医院的抗疫医务战士虞雅俊、张杨、魏萍、李盛金等合影。

为身患绝症的战友送上最亲切的祝福。图为金正洪把带着200多位善友体温的4万元爱心款送到在上海复旦附属肿瘤医院住院治疗的张志友夫妇手中。

原南京军区政治部首长、著名书法家晁玉奎（中）赠送"传递一缕光 善爱写春秋"书法作品。图为缪文中、金正洪、楼关海、朱海平与晁玉奎合影。

向祖国致敬：新四军老战士朱光（中）和义乌市政协机关丹心志愿服务队、义乌学雷锋公益协会、国际货代物流协会党支部、商翔集团党建联盟志愿服务队等唱响对母亲祖国爱的赞歌。

"宗泽是我们的祖先"——当拿到《宗泽的故事》一书，两位在军营摸爬滚打了几十年的老兵宗广立、宗广真脸上洋溢着自豪的笑容。

原《解放军报》副总编、《雷锋》杂志总编陶克来商城义乌宣讲雷锋。

2020年10月17日，义乌市正洪爱心公益协会的理事和部分会员与《雷锋》杂志社的陶克、吴维满、夏一萌、陈运军、刘超、窦芒合影。

重阳节前，"向老兵致敬"慰问团走进义亭。图为龚小忠、楼葵芳、蒋雪方、楼关海、龚辉东、吴滨和稠江专职消防学雷锋服务队的战友与抗美援朝老战士吴樟玉（中）在一起。

在"雷锋小学"的雷锋群雕前，学校校长吴江君（左二），大队辅导员王依萍、王赛赛与陶克合影。

2020年5月26日，"铁军"精神再启航。图为与会嘉宾（从左至右）：吴联隆、吴小锋、陈小忠、颜新香、金正洪。

参加学雷锋活动的嘉宾：义乌市原市委常委、人武部政委蒋红阳（左三）、《雷锋》杂志社首席记者窦芒（左四）、雷锋小学校长朱碧慧（右一）在交流。

2019年3月5日，义马市政协副主席王建新（后排左七）带领政协机关丹心志愿服务队为福田小学暃送图书。

与红色作家贾献文（中）、义乌作家黄选（左一）参加义乌市"江东杯"文学作品大赛时合影。

2020年9月30日，新四军老战士朱光为外国小朋友送上国旗。

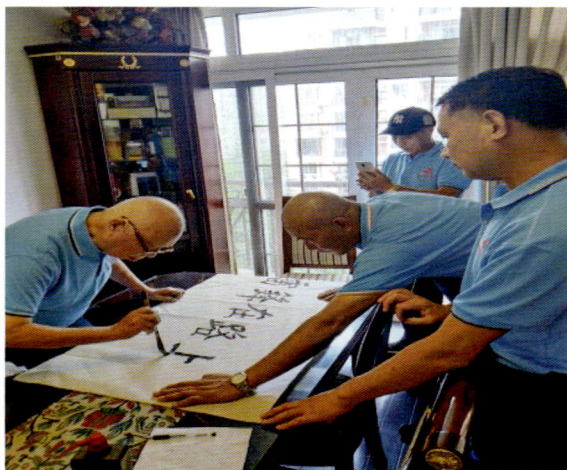

2020年10月，雷锋连长虞仁昌为协会题写"学雷锋在路上"。

序 言

依然闪烁的那缕光

——写在《爱在阳春》一书出版之际

陆凤彬

读了金正洪所写的《爱在阳春》书稿，我深受感动，也很自豪。这是一部给人温暖、启迪人生、充满正能量的作品，书稿的字里行间泼洒着春风般的浓浓爱意，每一篇都传播着大爱人间的真善美。更为可喜的是，金正洪这位曾被《人民日报》誉为"太旧一缕光"的雷锋传人，如今已成为带动许多人参与做好事、做善事的一片光，成为新时代精神文明建设的一道亮丽的风景线。

我与金正洪有着 30 多年的交情。在部队时因为弘扬雷锋精神，开展学雷锋活动，发现了这个典型，我多次去他所在的连队，关心这个典型的心灵和精神成长。在他受到非议时，给他鼓舞；在他获得荣誉时，叮嘱他继续保持谦虚谨慎不骄不躁的作风。后来，金正洪转业回地方后，我们通过书信、短信保持着联系。2018 年 3 月，他的第二本书《爱在义乌》

出版，我特意从江苏南通赶到商城义乌祝贺。2019 年，他和警卫连爱心团队的战友到"忠孝园"参观，我一大早坐车在那里等候，并为每位团队成员签名赠送《漫步人生》一书，借以表达对他们所做善事的肯定和敬意。

金正洪长期坚持学雷锋做好事，把爱的种子撒遍天涯海角，影响带动了一大批人加入到这个爱的大家庭中来。更难能可贵的是，他通过手中的笔写雷锋赞雷锋，把发生在身边的善事摄录下来，让更多的人来传颂雷锋精神，从而为净化社会空气和人文环境起到了不可替代的作用。如果说《爱在旅途》着重点是对人生的思索和军营里发生在身边的人和事的思考，那么《爱在义乌》《爱在金秋》《爱在阳春》更多的是反映了人世间的真善美，展现了一个个饱含爱心的各界人士的丰满形象和他们拥有美好心灵的精神境界。

在《一路善爱只为情》一文中，让我们看到了昔日军人的价值取向和那份浓浓的战友之情。当得知家住山东日照的原警卫连战士何鲲从自家的平房顶摔下后生命垂危，不论是同年兵，还是早已退伍几十年的老兵，都投入到抢救何鲲生命的行动中。虽然很遗憾，近千人的爱心行动并没有挽回何鲲的生命，但为了把警卫连的这份善爱送到何鲲家人手中，警卫连善爱团队的战友不顾几天就要过春节，千里迢迢赶赴山东日照慰问。这份浓浓的情感，让我深深感受到了这个团队的凝聚力和金正洪的人格魅力。从《朱文泉上将，学雷锋路上的士兵向您致敬》《善爱路上的那盏灯》以及《中原老兵的善爱情怀》《吴滨和他的学雷锋服务队》等文章中，我们看到了原老部队从士兵到将军的一种善爱情怀和雷锋精神。在这种精神的感召下，爱心团队为昔日战友，为社会许多陌生的人，为少数民族地区的贫困学生送去温暖。这些感人的事迹，打动感染了一批民营企业家加入这个团队。如《拉链"辉哥"的爱心曲》中的龚辉潮，一次捐赠 10 万元资助 100 名贫困学生。

报告文学最能感动与鼓舞人的是人物的鲜明个性和时代主旋律，而它传递的正能量又会影响更多的人。金正洪的作品，不仅自己是亲历者，更重要的是作品中的主人公都有一种无私的奉献精神，如《荷花盛开的地方》《学雷锋　我快乐》《陈警官与两个犯罪嫌疑人的孩子》等。

楼葵芳是义乌市穗宝床垫公司总经理、正洪爱心公益协会副会长。在家乡荷花盛开的地方，她用自己的实际行动唱响《爱的奉献》，先后为困难群众送去温暖，为失学儿童带来希望。"八一"的爱心结对活动，她捐赠了 10 万元的爱心物资，为少数民族地区学校赠订《雷锋》杂志和购置办公电脑等。义乌市爱心人士、正洪爱心公益协会副会长楼关海，为江苏省东海县李念林场"正洪书屋"捐赠 6 万元的图书。"学雷锋我快乐"是楼关海常说的一句话，他用实际行动践行雷锋精神，为西部贫困学生捐赠 10 万元，为雷锋小学建雷锋群雕出资 8 万元，结对、资助贫困学生 10 多名。陈清源是义乌市公安局的一名警察，在办案的过程中，在秉公执法的同时，不忘把爱心播撒到需要帮助的人身上，这种爱憎分明的个性，展示了当代人民警察的铁骨柔情。

金正洪的这部作品，用心讲述发生在周围的善爱故事，记录着人性最美的一面。在《政协开满了善爱的花》一文中，当金正洪作为活雷锋的代名词来到市政协后，各位领导不仅大力支持鼓励，还积极参与其中，进一步光大雷锋精神。这就是义乌商贸名城有别于其他地方的人文观念。不论是到江苏东海爱心助学，还是到监狱帮教；不论是关心青少年，还是下乡扶贫帮困，都有政协领导和同事的身影。在《千里驰援忙　诚结抗疫情》一文中，警卫连善爱团队展现的不仅是一方有难八方支援的传统大爱，更体现了对我们这个国家这个民族深深的爱。诚如义乌爱心人士王健芳所说："当白衣天使在前方抗击疫情冲锋陷阵时，我们作为这个国家的一分子，总应该尽点力吧。"

习近平主席在抚顺市雷锋纪念馆参观，向雷锋墓敬献花篮时说，我们既要学习雷锋的精神，也要学习雷锋的做法，把崇高理想信念和道德品质追求转化为具体行动，体现在平凡的工作生活中，做出自己应有的贡献，把雷锋精神代代传承下去。金正洪的这部作品，正是践行这一精神的生动写照，它是一本新时代值得赞颂的好书，对社会各个阶层都很有启发和教育意义。这也是从一缕光到一片光的生动展现，其弘扬和传播的雷锋精神的光辉必将在祖国神州大地闪烁，必将使义乌国际商贸名城这颗明珠更加光彩夺目。我们有理由相信，金正洪和他的爱心团队一定会经受住各种考验和磨炼，让善爱的踪走得更远、行得更稳，为新时代精神文明建设写下浓墨重彩的一笔。

　　陆凤彬：原坦克二师政委、十二集团军政治部主任，后从福建省委常委、省军区政委岗位离休。其创办的"忠孝园"成为江苏省南通市青少年德育教育基地。其书法作品深受行家好评，是中国书法家协会会员。

目录 Contents

序言：依然闪烁的那缕光　　　　　　　　陆凤彬　001

朱文泉上将，学雷锋路上的士兵向您致敬　　　001
一路善爱只为情　　　　　　　　　　　　　　025
政协开满了善爱的花　　　　　　　　　　　　041
善爱路上的那盏灯　　　　　　　　　　　　　067
千里驰援忙　诚结抗疫情　　　　　　　　　　089
学雷锋　我快乐　　　　　　　　　　　　　　100
中原老兵的善爱情怀　　　　　　　　　　　　119
荷花盛开的地方　　　　　　　　　　　　　　139
拉链"辉哥"的爱心曲　　　　　　　　　　　156
陈警官和两个犯罪嫌疑人的孩子　　　　　　　171
吴滨和他的学雷锋服务队　　　　　　　　　　175
善爱一家人　　　　　　　　　　　　　　　　192

一封将军的来信　　　　　　　　　　　　　　　　199

相聚在八一军旗下的善爱　　　　　　　　　　　　203

善友笔下的暖心事　　　　　　　　　　　　　　　227

串连在《雷锋》上的那些人和事　　　　　窦　芒　229

为了孩子们灿烂的笑　　　　　　　　　　彭伦祥　248

水晶般的 30 年　　　　　　　　　　　　　邵光明　255

与"雷锋将军"陶克的三次握手　　　　　　　　　268

后记：为善爱干杯　　　　　　　　　　　　　　　283

朱文泉上将，学雷锋路上的士兵向您致敬

在人生旅途中，总会遇到很多很多的人和事，有的人和事就如同乘一辆高铁，到达指定的站点便匆匆离去，成为过眼烟云。而有的人和事便如心中的一道光，哪怕遭受风吹雨打，也依旧明亮、温暖、令人永难忘怀。在我的心中有许多这样的曙光，在我人生的各个节点为我指明方向，助我前行。原老部队师长，后成为南京军区司令员的朱文泉上将就是

原南京军区司令员朱文泉上将

这样一个人。

　　乌义这个素有"联合国"之称的小城，的确是小商品的海
洋、购物者的天堂。这样一个既不沿边又不靠海的浙中小城，居
然成为了买全球卖全球的品牌城市，也印证了习总书记在浙江主
政时"莫名其妙，无中生有，点石成金"之言。

2003 年 9 月，金正洪与时任南京军区司令员朱文泉合影

　　如果不是突如其来的疫情，各个宾馆早住满了讲外语的客
商，每天跑宁波港的货车会把金甬高速塞得满满的，西站中欧班
列的轰鸣声不绝于耳。虽没有了以往不同肤色的人穿梭在大街小
巷，寻找商机、洽谈生意的繁忙，但涌动的车流和人群，还是给
这座小城增添了些许繁华。

　　春夏之交的商城义乌，除早晨有些凉意外，大多时间比较
温暖。

　　迎着清晨的阳光，我拨通了南京的电话。接电话的是徐姨，

这位曾做过徐州重型机械厂党委书记的"铁娘子"退休后定居南京，有空也陪首长练练书法。"小金，他到火车站送人去了，应该 10 点半回来，到时你再打过来。"

"谢谢涂姨，多保重！"

10 点半，电话那头响起首长亲切的声音："金正洪啊，最近怎么样？"

"首长，我很好。"我把来意一说，首长欣然应允："好，你能坚持几十年如一日学雷锋，我很高兴。上次寄的《爱在旅途》《爱在义乌》两本书我都认真看了，很好！这次新写的《爱在阳春》我一定认真阅读。"首长还是那样，说话细言慢语，办事细致认真。他写的专著《岛屿战争论》影响广泛，已经走向世界。亚洲文化艺术家联合会主席项洋，向联合国代表大会提交了《关于〈岛屿战争论〉提出的推进"世界大同"建议的报告》，并刊发在联合国"千年发展目标 2015 我们想要的世界"网页上。

"我就喜欢这样实干的兵"

时光荏苒，真情难忘。在坦克二师大操场的南面，有一大块菜地，师直各连队都分别分了一块，警卫连的菜地在高炮边上。那天下午，太阳灼热，我卷着裤腿正往刚种的菜秧浇水时，只见分管作训和后勤的朱文泉副师长走了过来："你是哪个连的？"

"报告首长，我是警卫连的司务长！"我立马放下手中的活，立正敬礼。

"金正洪，不错！这菜种下去多久可收获？"真佩服首长的记性，他竟然能一口叫出全师近百个连队中一个不起眼的司务长的名字。我急切地回答道："如栽活了，20 天可以采收。"

"这个季节都种些什么菜？"

"芹菜、菠菜、'苏州青'都可以的。"

首长满意地笑笑："好，干什么事都要掌握第一手资料，种菜和打仗一样，知己知彼方得胜利。"

后来，指导员柯杞进告诉我：朱副师长在全师农副业生产会上表扬了我，说："那天我走了好多菜地，就看见警卫连的司务长在菜地，不错！我就喜欢这样实干的兵。"

"实干的兵"这句话对我来说很受用，也激励着我实打实做人做事。

因为有了首长的鼓励，我和连队后勤人员干得更欢了。虽然连队有两块菜地，但满足不了近百人的生活需要，很大一部分菜需要从市场上买。于是，为了节省菜钱，我和连队的给养员、炊事班的战友选择到离营区10多里地的七里沟批发市场批发蔬菜。每天凌晨我们顶着星星出发，返回营房时刚好赶上早饭。去批菜的人有连队文书、卫生员，也有刚

1988年秋，时任坦克二师师长朱文泉与警卫连战士蔡国洪合影

从值勤岗位换岗不用出操的班排战士。从批发市场拉回的菜比市场上省近一半的钱。比如土豆，市场上要两毛多，而批发市场只要一毛多钱。这带来的经济效益也是十分可观的。连队的餐桌上，早在20世纪80年代底都是四菜一汤，每周六全连有小会餐。一般连队只有重大节日才包水饺，且都是分班包，而警卫连每周三、五都要统一包一次。原首长警卫员傅伯尧说："在警卫连真有口福，每周不仅能吃上家乡的馄饨，还有包子、水饺。"

而部队成立服务中心后，连队依然起早去七里沟批发市场批菜，有人把情况反映到已荣升师长的朱文泉那儿，首长说："如果哪个连队能像警卫连一样，把伙食搞得那么好，我也允许不去服务中心买菜！"当年，为了战士的父母亲来连队有个住的地方，腾出一间房子放了两张床办了个亲人接待室，床上的所有物品都是首长分管师后勤时军需科支持的。

我们也没辜负首长的信任和支持，连队的伙食调剂与卫生成为全师的标杆。凡是地方上的爱国卫生检查，警卫连成为必看的单位。不少首长来连队食堂视察过，时任总政的副主任、军区的方祖岐政委都来过，一些将军还与连队战士同桌用过餐。连队的食堂每年被师后勤评为先进食堂，事迹也上过《瞭望》《司务长》等杂志。1994年秋，原中央军委副主席张震上将来部队视察时握着我的手说："要是全军连队的伙食都搞得像警卫连那么好，我就放心了。"

匿名信的风波

1988年夏天，对我来说是一段十分难忘的日子。有天，我按师政治部的通知，早早来到师大礼堂准备做"正确对待义与利"

的发言。然而，偌大的礼堂静悄悄的，没一个人影。"也许，我太激动了，来早了。"我这样安慰自己。当我走上礼堂二楼，整层楼静得有些可怕。正当我不知所措时，宣传科新闻干事杨剑荣走进礼堂。我赶紧迎上去，热情地问候："杨干事好！"他点点头，显得十分为难地问："最近你做了什么错事？"听他一问，我十分惊讶，"没有啊！"

杨干事把我拉到一边，小声安慰："小金，你是好同志！这样，你先回去，作报告的事以后再说。"见杨干事委婉地下了逐客令，我不知在自己身上发生了什么事，我只好讪笑着："那我走了。""好，好！"见杨干事如释重负的样子，我尴尬而去的同时，又为自己给人带来不必要的麻烦而心生不安。

回到连队，我从指导员柯杞进处得知，有人给师长写了匿名信，因此我在全师干部大会上的发言被取消了。后来，二班长去连部玩，见纸篓里有一些捏成团的纸片，他好奇地捡起来一看，竟是连队文书写给师长的信。信中大致意思：我是《徐州日报》的一名记者，见一辆解放牌汽车拉着坦克轮子去废品回收公司卖了，然后四五个人在小酒馆吃喝，这当中有警卫连司务长金正洪……

"这还得了，我身边出了个甫志高。"指导员说着气冲冲来到司务处要收拾连队文书。当我了解到取消报告的原因后，心里反倒坦然了许多。"指导员，这没什么大不了，做人只要问心无愧，别的不需要太在意。"听我这么说，指导员脸上马上挂满了笑容："我是怕你受不了。你有这种觉悟，我就放心了。"

原来，有一天，我去连队宿舍后面的养猪场，见放着两个铁疙瘩，既不美观，又影响出行，便征得连长同意，叫来4个战士，把铁疙瘩装上车，拉到位于五团紧靠铁路货场的徐州市废品回收公司，卖了 240 多元钱，而且在当天就把这笔钱入账到连队账册俱乐部项目上。

而师长收到信的关键词：坦克轮子，汽车装卸还大吃大喝！对于一名眼里容不得沙子的军事干部，师长自然要把收到的信转到政治部严查。只是由于当时正处于师政治部开展"正确对待义与利"的教育节骨眼上，无法及时查实情况，所以就先取消了我在大会上的发言安排。

后来，连队文书坦承：猪圈里的东西是他从别处搬来的，原打算自己卖，结果我们捷足先登让他白忙活了，所以写了这封匿名信。

师长了解到事情的原委，对政治部门交代：对这样的好兵，我们不仅要爱护，而且要让他走出二师，走向全军。

1988 年底，我作为基层官兵的优秀代表，在十二集团军召开的基层建设大会上，作了"在奉献中实现人生价值"的报告，与会人员反响热烈。会后，朱文泉师长对政委说："听了金正洪的报告，我感动得流了几次泪。以前，只知道他把连队的伙食搞得好，没想到还做了那么多好事。我们应该对他给予肯定！"

"对，我们开个会，应该给金正洪记二等功！"

"我同意！"

两位军政首长拍板了，师班子成员都赞同。于是，在集团军会议还没结束时，师政治部组织科吕先景科长就带人来连队整理材料为我报请二等功了。而次年年初，师政治部让汪建华排长专门送喜报到我的家乡——浙江义乌。不久，义乌市委宣传部陈泽民副部长带队，一行四人，来二师拍了一周《战士的追求》纪录片，在我的家乡播放。我也踏上故土，向家乡人民报告。从那时开始，我的当代"活雷锋"的名头慢慢就传开了。

后一年春，继《解放军报》刊发记者曹锦华和军宣传处窦芒干事采写的《新时期该不该宣传雷锋精神》后，《中国青年报》《人民前线》报也多次进行了报道。我参加了军区"五四先进青年事迹报告会"，9 月又被推荐赴京参加新中国成立 40 周年观礼活动。

"还是上报你为学雷锋标兵"

这天，我怀着喜悦的心情从王杰馆经过，正好碰到从师招待所过来的朱文泉师长。"首长好！"我赶紧敬了个礼。师长笑笑："这个礼不标准，一看就是后勤兵。来，站直……"师长说着，手把手当起了教官。见我敬礼几个动作做得差不多了，师长又指着我的鞋子说："这双鞋子不行，你是我们师参加国庆观礼第一人，这不仅是你个人的光荣，也是部队的荣誉。回头我跟后勤部说下，让他们特批一双新皮鞋。"

"谢谢师长！"

没想到，师长说到做到。我刚到连队，军需科的电话就来了，说师长特意交代：让金正洪穿上新皮鞋，以崭新的面貌登上天安门城楼。

为期一周的国庆观礼虽很快就过去了，但我沸腾的心却久久难以平静。在人民大会堂，我聆听了时任总书记江泽民的报告，并与党和国家以及军队领导人一起合影留念；在雄伟的天安门广场，与首都百万群众欢庆，当天空绽放着锦绣山河的烟花时，人群沸腾了，我的心也跟着沸腾了。在天安门城楼，在大红灯笼前，我再细看天安门广场的华表、高高飘扬的五星红旗、人民英雄纪念碑及涌动的人群，心里充满了欢快与自豪感。这是我一生最激动也是最难忘的时光。

然而，重大的人生考验又开始了。

那日，我从连队菜地回来，就被叫去师招待所接受军政治部工作组的谈话。领队的是集团军政治部张玉江主任，他们说明了来意：这次来的目的，是要将我做的事推向全国。到时，集团军要为我记功，破格提干，军区、中央军委还要授予我荣誉称号。带队的集团军政治部张主任说："虽个人的隐私受法律保护，但作为一名党员应当对党无话不说，把心掏给党。"

然而，事情并没有向预定好的方向发展，当我交出 7 本日记和近百封全国各地的来信后，他们并没有再找我谈过话，且过几天，工作组也撤了。当时，我想这是再正常不过的事，不管上级宣传与否都不会影响我做好人的追求。然而，我似乎想错了，军工作组的撤离把我置身风口浪尖中，各种流言蜚语接踵而来。

有一天，我上师大门口，碰到一位熟人问："去哪？"我说："到徐州三中作报告。""你还去啊？就不怕引火烧身？"

12 月初，我第一次参加无偿献血，也有人说："你这样做难道不是为了寻找失去的光环吗？"

面对这些，说我没有一点想法是假的，只是我想不通：为什么人的价值要和寻与失相联系呢？难道说做过的事没被人认可就失去其价值了吗？

后来，我从外调回来的指导员顾东郊处得知：工作组撤走的原因是，他们在我的日记中发现了他们认为不应该有的东西。比如我与原连队指导员柯杞进、小同乡徐婷的交往过程，而实际上那些情节是我摘自《解放军文艺》"一排二班三个人"。

连长孙明文说："你最大的错就是讲真话，当然这也是你最大的优点。"并举了在朝鲜战场上一位战斗英雄在接受美联社采访时，因文化程度低，先前准备的稿子全忘了，后来急得说："战场上往后退要被枪决，往前冲也是死，反正横竖都是死，不如往前冲，还有可能成为英雄。"我知道连长是为了安慰我而编了一个故事。在年底支部召开的评功会上，顾东郊指导员说："金正洪近段时间因为日记的风波，遭受了很多困扰。实际上，从我外调来看，日记上涉及的人和事对金正洪评价很高。撇开这些，他的工作大家有目共睹，他做的好事放在那里。他是我们连队培养出来的典型，在他最困难时，我们这一级组织要给他肯定！"而指导员顾东郊的话让我愈发感到组织的信任和战友的关心。

不久，师长的警卫员小曾送来了20来本书，给"正洪图书室"的有《钢铁是怎样炼成的》《红日》《军事医学》等。"首长说了，全军以战士名字命名的图书室很少，希望你继续办好！"

1990年秋，时任坦克二师师长朱文泉（前排中）与部队农场渔业队战士合影

　　为了感谢朱师长的关心，那天晚上，我特意敲响了师长家的门。开门的是师长的母亲，我亲切地叫了一声："奶奶好！"因师长从坦克七团团长被提拔到师参谋长后，我担任了与他一同被提拔为师政治部主任的七团政委黄先贞的警卫员，因在同一个警卫班，干活时有串门，所以就认识了。

　　"快进来。师长在。"

　　在客厅，师长语重心长地说："金正洪啊，这些日子让你受委屈了。并不是说你什么都做得很好，就没有缺点了。不过，师党委对你是肯定的，这次还是把你作为学雷锋典型往上报。"

　　"谢谢首长！"

　　"好好工作，是金子总会有发光的一天。记住困难面前不气馁，成绩面前不骄傲。"

　　从师长家出来，感觉空气中弥漫着些许的温暖，天上的星星也特别特别的亮。

　　对首长的鼓励，我十分感激。我们也不负众望，"正洪图书室"在服务好连队的同时，还每周六到徐州火车站为过往旅客流动服务，共接待了50多万（人次）群众。1991年秋，南京军区政治部在警卫连召开了"基层图书工作"现场会，《解放军报》《人民前线》分别以"正洪书屋与她的主人""一个用战士名字命名的图书室作用不寻常"为题进行了报道。1992年秋，八一电影制片厂以《书海泛舟》为名将"正洪图书室"搬上了银幕。

师长政委同时参加的婚礼

　　这天妈妈又来信了，让我早点成个家，说想早日抱上孙子。师首长也十分关心。那天，连长孙明文说："今天，我在值勤时碰到师长了，问你对象找了没有。"

"你怎么说？"

"我说快了。"

"这不骗人吗？八字还没一撇呢！"

"你得给我抓紧，我在首长那儿撂下话，你结婚时请他当婚礼主持人，他可答应了，你不能给我掉链子。"连长孙明文是个热心肠的人，在警卫连时战士找他帮忙，他从不含糊，能帮的一定帮。转业回到南京后，我们也多次见面。2018年5月，原坦克二师报道组，后调入《解放军报》，转业任《中国转业军官》杂志书记的盛大泉，准备在南京采访我。孙明文连长得知后，十分热情地说："好啊，你过来，我会安排好一切的。"当刊登了《依然闪烁的一缕光》的报道的杂志到他手里时，孙明文连长自豪地对人说："这就是我以前带过的兵。"

爱情之神就如丘比特之箭，一旦射中就一切顺风顺水。当我接到一位署名"雅微"的徐州姑娘来信时，我相信她就是我要找的人。她说看了《报刊文摘》上《雷锋的自述——驻徐坦克某师警卫连志愿兵的心里话》后，就被深深打动了。当我们约好第一次见面，我说："我是农村的。""我家以前也是农村的。""我是一个志愿兵，干满12年要回老家的。""我不在乎，你回老家我跟你走。"简单的几句对话，我们就牵手成功。

1991年的国庆节，对我来说是非同寻常的日子。早上，我借了连队汪建华指导员的飞鸽牌自行车，走出营房，直奔丰储街，把新娘子从丈母娘家接出来。

在连队战士动手整理的原报务器材仓库改造的新房里，连队战士黄海芳端上了茶水，一声"嫂子"宣告了我的单身生活结束。

晚上6点，政委马以芝送来"比翼云翥"的牌匾后，连队食堂又迎来了一位特殊的客人——朱文泉师长。首长那天穿了一件白色夹克，显得优雅睿智，更像一位学者。

1991年10月1日，时任坦克二师师长的朱文泉（左二）到警卫连参加金正洪（左四）婚礼

"今天这杯酒我一定喝，一是师长谢谢你们为警卫连长年的辛苦付出，二是我为警卫连培养了金正洪这样优秀的士兵而高兴。"

在热烈的掌声中，师长将杯中的酒一饮而尽。随后又倒满一杯，走到炊事班长蔡玉根跟前，说："警卫连的食堂搞得好，伙食办得好，仅靠司务长是不够的，离不开你们这些人默默付出，来，敬你们一杯！祝警卫连伙食越办越好！"

敬完炊事班，师长又对我说："今天是你大喜的日子，敬你一杯，祝你俩婚姻美满，百年幸福！"师长还要求我"保持谦虚谨慎，百尺竿头更进一步"。

那天，来参加婚礼的还有带队在十二集团军部队做巡回报告的军纪委崔委员。师长说："金正洪是个好兵，这个典型的成长离不开集团军的关心。"

崔委员说："师长、政委能同时参加一个士兵的婚礼，说明这个兵身上倾注着师首长的心血，更说明尊干爱兵工作做得好。"

尽管婚礼时间不长，但首长的用心我记住了，也一生不会忘记首长的关爱！

"天底下孝心最难得，我赞成你转业"

2002 年春天，我参加了北京后勤指挥学院的政工中培班学习。次年春天，我到了远离徐州的连云港小东关副食品生产基地任副团职协理员。

2003 年 9 月，朱文泉司令员看望基地官兵

当时，正值"非典"时期。可怕的疫情使全国人心惶惶，好在防控措施做得好，并没有造成大流行。基地虽远离城市，但抗击"非典"的任务并不轻松。除带着军医到战士的宿舍巡视测量

体温外，我还要花费更多的时间对生产经营场所进行每天一次的消毒，并把关采购的食物。经过三个多月的努力，这块幽静的世外桃源恢复了往日的安详与宁静。

秋日，部队驻地的芦苇塘的芦苇叶已变成深绿，鱼儿不时在池塘里欢游。这天中午是基地最重要的时刻，军区朱文泉司令员来到基地看望大家并与大家合影留念。在视察营区时，首长特别专心，不时询问生产养殖情况。在基地的大柳树底下，首长仰望绿叶成阴的垂柳，心中有许多的感慨。20世纪70年代，这里从战斗英雄杨玉才所在的202师移交过来时还是一个烂摊子。当时朱司令员曾任过团长的七团，通过围海造田、围滩挖塘的战斗，才有了这千亩鱼塘，而这棵柳树是当年七团栽种的。担任二师副师长时，朱司令员多次去农场，一住就是好几天。听原警卫连副指导员、农场副场长王书文说，当时农场条件不好，蚊帐有许多破洞，朱司令员第二天早上起来身上有几个肿包，他对叶场长开玩笑说："老叶，我在你的地盘睡了一晚上，结果身上起了那么多包，你应该赔偿我损失吧。"应当说，首长对农场建设投入了许多精力，这个农场为改善全师官兵的生活条件发挥了重要作用。

陪首长在柳树边停下时，我小声地说："首长，我想回家了。"

生怕被一边的集团军王健政委听到，我的声音压得很低。首长问："什么？"我又再重复了一遍。

首长听明白了，问道："你干得好好的，怎么会有这种想法？你是个典型，没有特殊情况，一般不会安排你走的！"

我沉默了一会，对首长说："说心里话，我也不想走，但家中的妈妈快80了，我还没去尽一天孝呢。我不想发生在爸爸身上的遗憾，又发生在妈妈身上。"

"天底下孝心最难得，如果是这个原因，我赞成你转业。毕竟亲情也是重要的。"

对首长说的话我频频点头。在我的心中，除了一份对长者的尊重，更多的是那份挥之不去的感激之情。

我不会忘记：在我人生最艰难时，他让警卫员赠送图书给"正洪图书室"，这不仅是一种爱的传递，更是兄长对小弟无声的支持。

我不会忘记：在我步入人生大喜殿堂时，他推掉所有应酬，来参加一个士兵的婚礼，这不仅仅是首长的鼓励，更多的是通过自身的行为来传播正能量。

我更不会忘记：在我顺风顺水时，他给予的提醒。那次去南京参加江苏省的群英会时，在军区华山饭店，我碰到了已晋升为三十一集团军参谋长的首长。但这一次，他一改往日的笑容，十分认真地说："小金，你现在是全国的名人，不论做什么事，说什么话，都要注意把握度。记住谦虚，千万别翘尾巴。"

首长这次在基地待的时间并不长，他走后，有

1998年，时任原第一集团军军长朱文泉在江西九江抗洪，路过上饶时留影

人说我傻，别人找首长要提拔，而我提转业。说心里话，首长身居要职，提出要求升个职并不是难事，但这不是我的作风。当然，我也不是心血来潮向首长提转业，而是觉得自己虽热爱部队和身上的军装，但自己已到团职岗位，很知足了。再者，自己的能力有限，我不能成为组织的负担。况且，家中的母亲已近80了，自己还没有好好尽过孝呢。选择走可以陪伴妈妈最后的岁月，这也算补齐孝的短板吧。

首长走的当天晚上，渔业队的梁友彬队长来了。他是一个老军干，入伍后就在农场。后来转志愿兵提干，一步一步走到队长的位置上，实属不易，靠的就是实干。在他身上既有老农的纯朴，又有山东汉子的直率。平时说话虽不多，论事却从不拐弯抹角。

"金政委，你认识的人多，跟朱司令关系好，小杨的事请你帮忙了。"

梁队长所说的小杨就是渔业队的司务长。这年二级士官中符合转三级的有三人，但一个农场不可能给三个名额，所以梁队长十分着急。

对梁队长这种爱兵情怀我是很敬佩的，但让我去找朱司令员，我做不到，毕竟首长的工作很忙，我不忍心也不应该去打搅。不过，从工作的角度，关心手下的兵，向上级争取名额并不违反组织原则。我对梁队长说："小杨的事，我们一同尽力吧。"后来，通过正常渠道，我们让小杨如愿以偿转为三级士官。四年后，我去东海县李埝林场助学，再次回到农场，听梁队长讲小杨转业回到山东老家，工作分配还不错。而我与首长合影过的柳树，被用石头围了起来，上面有首长亲笔题写的"柳树王"三个刚劲有力的大字，似乎告诉着后人这里曾经的峥嵘岁月。

2004 年，穿了 22 年军装的我，经组织批准确定转业。夏日的一天，朱司令员再次来到二师。自己的老首长，我应当道个别，在炮团招待所，首长特意安排时间接见了我。

"小金，你妈妈身体好吧？做人就是要有孝心，这点我很赞同。对了，岗位选择了吗？"

"在义乌市行政服务中心，纪委书记岗位。"

"金书记？书记好，行政服务中心更好，将来能多为民做好事。"

"首长还有什么吩咐吗？"

"该说的以前都说过了，就祝你一路顺风吧！"

"好的，首长保重！"

这是我最后一次与将军见面，后来虽从电视上看到过他，但我们再也没见面。不过，心里的那份牵挂还在，感激的心依存。

在学雷锋爱心群

一天早上，还在南京鼓楼区人武部的曾志山在警卫连爱心群发了一条消息：请为首长参加"海洋人物"评选投票。

朱文泉这个熟悉的名字一下子缩短了大家的距离。从坦克二师师长，到三十一集团军参谋长、副军长，再到第一集团军军长，南京军区参谋长、司令员，每一个台级的上升，都牵动着我们的心，也让警卫连爱心群的每个人引以自豪。

"曾志山，怎么投？你做示范，每天链接我来发。"曾当过二师任明发参谋长警卫员的周芳鑫是个热心肠的人。

"周芳鑫，每天你来吹号，我来打头阵。"身在嘉兴红船边的张福良，在坦克二师金正新师长家干了一年多，对二师的人和事都十分热心。

而每天早上，第一个升群旗的苏州张玉明，一旦链接发上来，他总是第一个把投票的截图发出。

投票的热情一天天在增加，爱心的加持也不停步。当看到首长的票数稳居第一，大家兴高采烈的同时，也表达了对首长的敬重。

这个由退伍老兵组成的"警卫连善爱团队"，没有辜负二师首长的教导。善爱团队成立至今，一直默默地为警卫连和社会献爱心、做贡献，写下了一串串爱的故事。

1983 年底，由王养涛、薛祖文等战士成立的警卫连创业小组，通过捡废纸、废铁卖钱买书，创办了闻名全军的"正洪图书室"。小组通过捡废纸、废品等为连队购买图书 2000 多册；在节假日期间，利用"流动图书服务队"在徐州火车站为过往旅客提供免费服务 50 多万人次；先后帮助失学儿童、有困难群众、参加无偿献血 2 万多人次……1990 年夏，安徽淮河发生特大洪灾，战士王凤阳家受灾严重，警卫连有 70 多人参与爱心捐助，帮助王凤阳渡过难关。

2015 年，家住河南尉氏的原警卫连战士徐卫贞突患脑梗，卧床不起，家中年纪的儿子为了救助父亲，辍学外出打工。这一境遇深深牵动了全连战士的心，在"警卫连善爱团队"的组织下，大家不分东西南北，纷纷行动起来，共筹得善款 10 多万元，使徐卫贞重新站了起来。

2016 年 3 月，家住江苏省泰州市的丁建生因患脑堵塞而中风，"警卫连善爱团队"发出爱心求助，短短 10 多天时间收到爱心红包 150 多个，使他及时得到治疗并康复。

2017 年"六一"国际儿童节，"警卫连善爱团队"远赴湖北省恩施州来凤县沙坨小学开展爱心结对，为大山深处的贫困学生送去浓浓的爱。

2018 年 4 月，"警卫连善爱团队"为江苏盐城的退伍老兵施其东进行了爱心募捐，虽然战友们的爱心无法挽回他的生命，但却让他在生命的最后时刻感受到了来自战友们的善爱。

2019 年 1 月，家住山东日照的警卫连退役战士何鲲从平房跌落摔倒，生命垂危。因家境不好，几十万元治疗费用无力承担，"警卫连善爱团队"伸出了援手。短短 13 天，共筹到善款 10 多万元。

2020 年 2 月，为支援湖北抗击疫情，由原"警卫连善爱团队"建立的"义乌市正洪爱心公益协会"捐赠 15.8 万元，把 8 吨医用酒精、3800 瓶医用 84 喷雾消毒液和部分一次性医用口罩驱车千里送到湖北来凤县中心医院。

2017 年 2 月，朱文泉上将（左四）在"海洋人物"颁奖现场

"报告大家一个好消息，老师长朱文泉已被评为'2016 年度中国海洋十大人物'。"张福良把这则消息在爱心群一发布，第一个发出放鞭炮表情的是周芳鑫，接着，曾当过首长警卫员的浙江东阳的蔡匡洪、诸暨的傅伯尧等都表示了祝贺。

"你们有时间可以看一下首长历时 7 年写的《岛屿战争论》，首长成为海洋人物是众望所归。"我热情地向战友推介，有的战友说看过，有的说要找来看看。

的确，在将军的心里有着深刻的海洋忧患意识。世代中华儿女为经略海洋所付出的巨大艰辛，近现代中国因海洋国防之羸弱而遭受的沉重屈辱，海洋于中国安全与发展的重要性愈发显著。

诚如将军在谈及写作《岛屿战争论》的初衷时所说："而今中国强大了，但是要接受罗马两千年三起三落的教训，绝不能让历史的悲剧重演。因此写一部《岛屿战争论》，告诉祖国的年轻一代，中国的出路在于建设海洋强国、保卫海洋强国，国家和军队必须有能力打赢岛屿战争和其他一切战争，助推强国强军目标的实现。"

将军 2007 年 9 月退休后，就开始构思这部巨著。他用两年半时间翻阅专著 501 部，观看各类影视作品数十部，走访专家学者近百位，将人类历史上的岛屿战争尽收眼底。

"对老师长的海洋研究，我佩服！"听了我的介绍，河南的陈辉竖起大拇指称赞。

"老师长不仅研究海洋军事，为人也很好。这不，听说金师长身体不好，特意去医院看望。"浙江嘉兴的张福良说着，上传了两位坦克二师老师长见面的视频。

莫道桑榆晚，为霞尚满天。2007 年 9 月，朱文泉上将因年龄退出军区领导岗位时，他向国家领导人表态："司令员不当了，还要当研究员。"在参加全国人大常委会工作后，他 30 多次提出提案、建议，建言加强立法，强国兴洋；他提出的"合理开发利用和保护海洋资源"建议，被纳入 2010 年度政府工作报告。

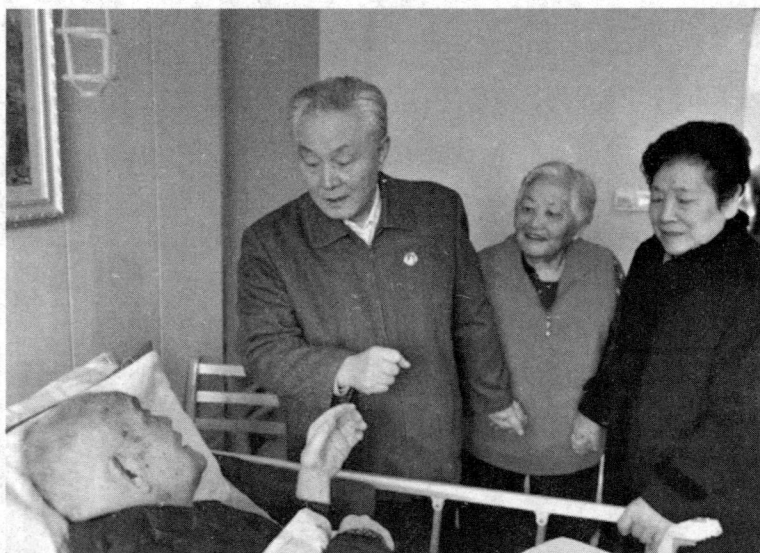

2019 年 2 月 20 日，朱文泉上将看望躺在病床上的原坦克二师老师长金正新

同时，朱文泉上将十分关心革命老区和家乡建设。在他的提议下，南京军区为安徽省金寨县捐款 150 万元，新建"南溪八一希望中学"和"古三八一富民路"，并在该县设立 500 万元扶贫助学基金；协调盐城军分区挂钩帮扶响水县南河昌盛希望小学，完善教学和生活设施。朱文泉上将与夫人徐荣共同捐资 3 万元为母校修建敬师亭，拿出稿费 10 万元奖励德才兼备的教师，邀请著名企业家于国家、顾小锦资助响水中学，并与王清同志一起商请响水在宁企业家、校友共同筹集资金，帮助母校成立"江苏省

响水中学优秀师生奖励基金"。

继《岛屿战争论》出版后,朱文泉上将的诗词《车房集》也即将付梓。他近年来创作了 20 多首讴歌家乡蓬勃发展的诗词,其中有诗作:

七律　响水·西兰花咏

春光和暖燕莺忙,衔得紫珠气自昂。

西甸芙蕖连野碧,南河椰菜接天香。

八千花蕊堪薰梦,十万风帆正起航。

落日兰金潮响处,浦江新浪浣新妆。

望海潮　响水南河·西兰花

鲛绡千里,吴时佳地,春工装点群芳。梅润柳舒,桃夭杏冶,江声树色青阳。淮甸映祥光。慕前贤志业,承继龚黄。城镇崛兴,山河壮盛重耕桑。

绵延百顷田方。看西兰花簇,珠蕊凝香。茎挺绿云,风扶翠叶,规恢十万雄章。天赐舞霓裳。任桥头水响,四海洋洋。筑得千秋好梦,强富美高康。

为关心教育青少年,朱文泉上将经常到各地讲课,有限的时间还要用于军事研究、书法练习和作诗。尽管很忙,但他对学雷锋很热心。那年,我让曾志山送去《爱在旅途》《爱在义乌》,首长说:"对'警卫连善爱团队'的学雷锋行为我很赞赏,但写的过程中要避免人名和职务写错。在《携爱尉氏》中,警卫连退伍老兵对徐卫贞的爱心捐助很感人,反映了退伍军人的情怀,但缺少了对受劲人感激之情的描写。"这次,当我把《朱文泉上将,学雷锋路上的士兵向你致敬》发过去后，首长一句一字进行了修改，并进行了备注。在发回来的文章开头，首长写道：

正洪同志：

你好！文章写得不错，很真实，关键是你做得实！

文章有些地方需再作些推敲，有的我已经注明了。错别字、标点也应留意。集团军政治部主任张玉江带工作组进驻警卫连时，你交出几本日记和书信后，他们没交代就撤走了，到底有什么事？好像没有说清楚，也看不明白，需要推敲一下。

这就是上将的为人和情怀。在学雷锋的路上，我很幸运有老师长朱文泉司令员的关心和支持。

一路善爱只为情

2019 年 1 月，商城义乌在大寒节前下了一场雪。这位隆冬使者，不仅使大地银装素裹，也给人们带来了几分寒意。然而，天公作美，并没有出现"旧雪未及消，新雪又拥户。阶前冻银床，檐头冰钟乳。清日无光辉，烈风正号怒。人口各有舌，言语不能吐"的情景，反而是日后冬阳映雪，气温渐升，让人们似乎又感觉到丝丝暖意。

何鲲在警卫连纠察队

那天早上天刚蒙蒙亮，我发现"警卫连爱心群"有一条求助短信。短信里说山东省日照籍的原警卫连战友何鲲，在本月 12 日 17 时 40 分，从自家楼房上不小心跌落摔伤了后脑，造成颈部以下毫无知觉。在日照市医院治疗几天后，转至北京积水潭医院手术。手术比较顺利，但这段时间先后花去近 15 万元医疗费，后期还有 6 个月（6 个疗程）的康复治疗，每个疗程需费用约 7.5 万元。总共近 50 万元的治疗费用，他的家庭已无力承担，恳请社会伸出援手。

看到曾经的战友遭受如此厄运，我心里很难受。

我原所在的某师警卫连承担着师大门的卫兵警戒、营区秩序维持和军容风纪纠察等特殊职责。像何鲲他们这批兵大多是从师属各单位挑选而来，要个头有个头，要相貌有相貌。他们在训练场上个个生龙活虎，在连队俱乐部人人歌声如雷。

如今，当年的帅小伙却躺在病床上等待着社会救助，这怎不让人痛惜！正在我焦虑之时，电话铃响了起来。

我见是来自山东日照的电话，就自报家门："你好，我是警卫连老兵金正洪。"

"首长您好！我是王伟。这么早打电话把您吵醒了。"

"你快把何鲲的情况详细介绍一下！"我急不可待地说。

"好的！"

在王伟沉重的叙述中，我知道了这些年何鲲很不容易。何鲲从警卫连退伍后，去上海当了两年保安。后来，他认识了一位陕北女子才回到老家结婚生子。如今，他已有两个小孩。女儿就读岚山区实验中学，儿子还在念小学，妻子在当地的一家私企上班，父母亲也年老体弱。全家生活负担还是挺重的，何鲲现在的伤病更使家庭雪上加霜。

　　听了这些，我对王伟说："警卫连是个爱心大家庭。俗话说众人拾柴火焰高，我相信大家一定能伸手帮何鲲一把，他一定会渡过难关。"

　　当时，我顾不得吃早饭，随即在爱心群发出了爱的呼唤。

　　微信随着电波传送出去后，短短一个上午就因爱心群同时发送的爱心红包过多，导致系统异常，接收不了红包。我急忙指定盐城市的战友殷红兵负责接收登记。没过多久，他也被告知系统故障接收不了。这时，我有些傻眼了，也不知道什么原因。幸好没过多久，微信就恢复了正常，爱心红包又陆陆续续接踵而来，当天就有近百人进行了爱心接力。

何鲲工作照

　　谢谢了，我的战友！你们的善爱，曾让河南省尉氏县的徐卫贞重新站立起来；

　　谢谢了，我的善友！你们的善爱，曾让江苏省泰州市的丁建生感受了人间的温暖；

　　谢谢了，我的朋友！你们的付出，曾让施其东在生命的最后时刻沐浴大爱；

　　谢谢了，爱心团队的 20 多位善友！因为你们先后结对原警卫连老班长彭伦祥任教的湖北省来凤县沙坨小学贫困学生，他们才得以延续求学之梦。

　　亲爱的战友，你们的付出我无以回报。但你们的无私善行，必将影响更多人加入到这个团队中来。

　　这天一大早，我就忙着审阅原《义乌商报》副总编应元亮老师采写的《依然闪烁那缕光》的通讯报道，字里行间充满着真情、正气，文笔流畅。尔后，我又参加了原义乌市人武部刘峻部长的退休仪式。曾记得：我那年探亲回家时受到过刘部长的亲切接待；我转业回到故乡任市行政服务中心纪委书记时，他又成为我的直接领导；后来我调入政协机关，他又是市政协分管文史的副主席。人生知遇能几人，恰是缘分存久长。

　　忙完这些事，我才静下心来继续接收"警卫连善爱团队"的爱心红包。善爱的温暖令我激动、感动，并真诚地祈祷：好人有福报！

　　对何鲲发起救助后，群内共收到战友、善友、同学等善款近 10 万元。过了没几天，我又从山东日照王伟那里得知：何鲲经过医院抢救，已经脱离危险，正向康复发展。当病床上的何鲲听说有那么多战友、社会爱心人士都在援助他时，哽咽着说："谢谢大家！"

　　很多警卫连的兵并不认识何鲲，却慷慨地伸出了温暖的手。家住上海的原警卫连副连长黄正华，是 20 世纪 80 年代老兵。他与连队许多人并不相识，但只要听说为警卫连兵做善事就绝不缺席。原警卫连韩永宏指导员（曾任连长）得知何鲲的不幸后，当天就转账 2000 元。当他了解到善爱团队在募捐时，又转账 1000 元。还有义乌的王健芳女士，只要善爱团队有需要，她都默默地在众筹、水滴筹等爱心公益平台留下善爱。太多的人太多的善爱，每当想起这些都会让我感动得双眼含泪。

发起救助何鲲的三天时间里，200多笔善款让我感受到了人间的真情、世上的大爱。

因有这么多人对何鲲的关心和救助，我与山东战友就联系得比较频繁。山东日照的王伟告诉我，何鲲比我们想象的要恢复得好。我在朋友圈感叹道：自从20日发起对何鲲捐助以来，善地不分东西南北，善友不分新老，每位善友都为拯救他的生命尽到了自己的一份力量。请所有捐助人放心，在你们爱的感召下，相信何鲲的康复指日可待。

一天早上，我作为单位结对帮扶去八里桥头村慰问贫困群众，当时映入眼帘的场景让我鼻子酸酸的。看那位坐在地上吃饭的男子蓬头垢面，神态木讷，如果不亲眼所见你不会相信这是真的。因为他患了精神分裂症，不仅丧失了劳力，生活也难以自理。我又来到一户人家，开门的竟然是一位矮个的成人。他从小得了小儿麻痹症，双脚瘦如圆规，让人心疼。这又是一位典型的帮扶对象。更值得同情的是一家贫困户，儿子患自闭症，年近七旬的老母亲还要照顾永远长不大的儿子。儿子一发脾气，老母亲还会挨一顿狠揍。面对这位母亲悲伤的眼神，我心如刀绞。这些多难的家庭，虽有政府低保，生活不愁，但是精神上的痛苦是常人难以理解的。

一个村有这样一些特殊困难户，那么一个乡镇、一个区县、一个省乃至全国又该有多少啊！

从八里桥头村回来，我的心情久久难以平静。为了让同一片蓝天下的困难群体共同分享社会发展的成果，请政府加大救助力度。同时，也请全社会有能力的人都献出一份善爱，就当为自己积德，为子孙赐福吧！

在上海宝山当保安的郭维发每月只有 3000 多元工资，却对"警卫连善爱团队"倾注了太多的善诚。他为了省钱去支持更多需要帮助的战友，竟然把烟也戒了。那次他又发来一个爱心红包，见我好长时间没接收，就发来信息追问："司务长，你欺负人！"语气像是生气了。

我不解地问："为什么啊？"

"为什么别人的爱心红包一发你就收，我发一天了也不收？难道别的战友红包装的是钱，而我的不是？"

听他这样一说，我心里既愧疚又感动："我不是怕增加你的负担嘛。"

"不会！过去我抽个烟，打个小牌。现在我不抽烟了，每个月能省下一部分钱。以前打打小牌，每月也要输掉几百元。现在牌不打了，这些钱又省了。所以每月为爱心团队发一个 200 元的爱心红包，我没有负担的。"

郭维发一家

面对这样的好战友，我还能怎样呢？我说："这样吧，我们折中，你每月发 100 元。"

"好吧，我听司务长的。"

就这样，郭维发除每月给"警卫连善爱团队"发 100 元爱心红包外，还加入了对湖北省来凤县沙坨小学贫困学生的爱心结对。每次对战友的救助他都参加了，这次又为何鲲捐了 200 元。

对这个诚实憨厚、话语不多的安徽籍战友我是怀着深深敬意的。我清楚记得：那天，我在爱心群里发出一组花了 62 元烹饪的晚餐照片。其中有红薯、玉米棒，还有一份山西凉皮，一个土豆炖排骨。"司务长你也太奢侈了，这可是我一个星期的伙食费呢。"听郭维发这么一说，我心疼地安慰他："我买的红薯才 5 元一斤，个头任自己选。"没想到此话不仅没有安慰到他，反而让他更加认真："司务长，我是 5 元一堆，没有挑选的。5 元钱的红薯，够我吃好几顿。"

今天，郭维发又给我发来一条短信：

"尊敬的司务长，您好！

首先，我深表歉意！由于我三哥中风落下半身不遂，三嫂不能忍受穷苦的日子，已与我三

2019 年，郭维发参加"八一"爱心活动时留影

哥离婚，造成我侄子今年 30 岁还无法娶妻生子，前两天检查出白血病，需要大量资金治疗。

为此，我和老婆商量，暂时退出你组建的爱心基金团队，以

便我用有限的资金，为侄子贴补一些治疗费用。我在这里给你说声对不起，非常抱歉！如果过一段时间能走出困境，我希望还能重回这个爱心大家庭。"

收到短信后，我立即回复："不要客气，你需要帮助请尽管开口！"

"谢谢领导！我们自己会尽力解决的。"

这就是我们警卫连的兵，一个只有付出却不求任何回报的人。他常说，引以为豪的是自己曾经穿过军装，与战友们同吃一锅饭，同住一处房。虽然大家退伍了几十年不曾谋面，但是血与汗铸成的战友情永远存在。

来自安徽省合肥市的王玲女士在义乌打工，当她得知何鲲的伤情后，也给我发来一个捐助红包并附言："尽管我打工收入不多，可别人有困难时我也愿意献一份爱心。"这位因在公交车上发出"时间都到哪去了"感叹的女子，代表了义乌百万外来打工者的心声。他们靠诚实劳动养家糊口，生活也很不容易。她这次发来的爱心红包我真不忍心接收，但善爱是无法拒绝的。我感到王玲女士这 50 元捐助款沉甸甸的，这是一颗金子般滚烫的善

王玲工作照

爱之心啊!

义乌市台联会长蒋国勇先生平时工作十分繁忙,当得知何鲲生命垂危需要救助时,也及时转来 1000 元善款,并说:"这样的善行,我是不能缺席的!"

短短的 10 多天,在战友群、轻松筹等微信平台共收到善款 20 多万元,为何鲲后续治疗提供了有力的保障。当听到何鲲转危为安往好的方面发展时,善友们都为他祈福。

可天有不测风云,虽然那么多好心人付出了善爱,但是他的心脏还是停止了跳动。

那天晚上,我正准备休息,突然电话铃又响了。

"首长,很不幸,何鲲没救了!"接到王伟的电话,我一下子惊得说不出话来。前两天刚说恢复得不错,这会儿怎么就没救了呢?我简直不敢相信自己的耳朵。我对着电话大吼:"王伟,你扯淡!"说完我按捺不住悲痛的心情,任泪水哗啦啦落下。这么一位年轻体壮的后生怎么说没就没了呢?那么多人的爱心付出竟然挽救不了他的生命!此时此刻,我感到了生命的脆弱。

2019 年 1 月 12 日,何鲲从家中楼房摔下昏迷不醒到医院抢救后,牵动了"警卫连善爱团队"多少善友们的心,不少人纷纷慷慨解囊。最令我感动的是郭维发,他也曾是警卫连的兵。那天,郭维发特地打电话问我:"司务长,警卫连的这个战友真的没救了?"听到他悲怆的声音,我心里也在流泪。

老战友何鲲西去的消息,让我们的心情极其沉重与悲痛。曾任何鲲当年连长的韩永宏发来短信:"何鲲在连队是个好兵,我对这个小伙子印象很好。如果连队有人去他家,对经历了白发人送黑发人痛苦的何鲲父母来说一定是一份安慰。"

韩永宏老连长的话有道理,但由于部队工作的特殊性,官兵外出是有严格规定的。我想，要让战友们的这份深情和来自商城义乌的大爱再次得到传送，当即决定去一趟山东日照何鲲的家。当听到我要去山东，第一个响应的是一直和我做善事的龚小忠。他说："金书记，去山东我来开车吧。"

"你工厂没事了？"

王伟、龚小忠、刘华富、胡延鹏在日照海滩

"工人放假了。"

我一阵惊喜，说："太远了，开车要一天。我们还是先乘高铁去徐州再说。"

"那就赶紧买票吧，我陪你去！到徐州了我来开车。"

我赶紧向市政协领导汇报，给市委也打了去山东日照的报告。

当天夜里，我和志愿者龚小忠十分幸运地抢到了仅有的两张到徐州的高铁票。我俩来到徐州已是夜里 10 点多钟了，整个徐州大地灰蒙蒙的，给人一种压抑的感觉。原警卫连炊事班长、后被破格提干的刘华富战友已转业到徐州地方工作，是他特地把我们安排在高铁站旁格林连锁酒店入住。龚小忠担心地说："金书记，如果下大雪的话还能走吗？"

这的确是个问题。我赶紧给山东日照的王伟打电话："王伟，你那边天气情况怎么样？"

"首长，这边还没下雪，但预报明天有雪。何鲲的父母听说你们要来，十分感动，但他们担心路上不安全，还是希望你们别来了。"

"明天看吧，如果大雪封道，我们再想办法。"

慰问何鲲的父亲和家人

给王伟打完电话，我对龚小忠说："早点睡吧，老天爷一定会让我们此行平安的。"

次日，天刚蒙蒙亮，我就打开酒店房间的窗户，放眼天空，辰星点点，也没有要下雪的样子。我对龚小忠说："老天爷还是眷顾行善做好事的人吧！"

龚小忠笑笑："善有好报。"

我们刚吃完早饭，住在徐州保利鑫城的刘华富一早走了40多分钟来到酒店，而路军战友也从北三环的滨河花园那边开车约一小时找到我们。提议去山东日照的韩永宏老连长目前在徐州水务部门当领导，他来电话说因预报徐州将有大暴雪，为了全市人民的用水安全，他要24小时值守，并对不能亲自前往山东日照何鲲家再三表示遗憾。

去山东日照路上的车辆并不多，但我们因走错路耽误了一些时间。好在龚小忠的车技娴熟，上午11点钟就到了日照。早在岚山高速路口等待的王伟，一接到我们就带着去了何鲲的家。

我们边走边听王伟介绍：何鲲的家在山东省日照市岚山区安东卫街道。这里地处鲁东南、日照市最南部，东依岚山港，西傍绣针河，南濒海州湾，与连云港隔海相望，北毗虎山堡，为鲁东南通衢要冲，是明洪武十七年（1384年）全国四大名卫之一。古安东卫城内外有13个自然村，人口8万，是岚山区政府驻地。

安东卫历史悠久，文化源远流长。早在1万年前就有人类在这里繁衍生息。1985年，胡家林村发现了旧石器时代早期的石器，随后又在东门外村发现龙山文化遗址。明洪武十六年（1383年），信国公汤和奉旨在东南沿海设卫抗倭，卜基于安东卫西十里之坊口（今虎山镇稍坡村一带）遇青鸾衔旗，汤和乃选此凿山开土建城。俗有"青鸾夺旗定安东"之说，中国儒家至圣先师孔子曾在此拜圣公为师。

岚山区水陆交通便利，高速公路、国道、省道、沿海快速通道纵横境内，高铁已经通车、轻轨、机场也都在建设之中。岚山区景色宜人，区内海水、大气、沙海质量均为国家一级。这里景区众多，其中多岛海景区是国家 3A 级风景区。景区中有中国现存沿海最完整的摩崖石刻，甲子山、白云山、圣公山、阿掖山等山脉也享有盛名，是人们节假日的常去之地。岚山区的特色名小吃也非常多，西施舌、金乌贼、东方对虾、豆腐蟹酱等美食吸引了众多游客前来品尝。

不一会，我们就来到何鲲家。这是一个小村，在整理过的土路上，摆着几个花圈，"警卫连善爱团队"敬献的花圈摆放在醒目的位置。当我将警卫连战友们一片深情的 2.5 万元慰问金递到何鲲父亲的手中时，这位老人紧握住我的手，两眼泪涌："何鲲没福气啊！要是他知道部队的首长那么远从浙江过来，他就不会走了哦！"说着他一把拉过孙子，要他行下跪大礼。我急忙扶起孩子，连声说："大爷使不得！何鲲是我们的战友，来送他一程是完全应该的。"我进屋为何鲲点了一炷香，心里默默祝愿他再无痛苦。

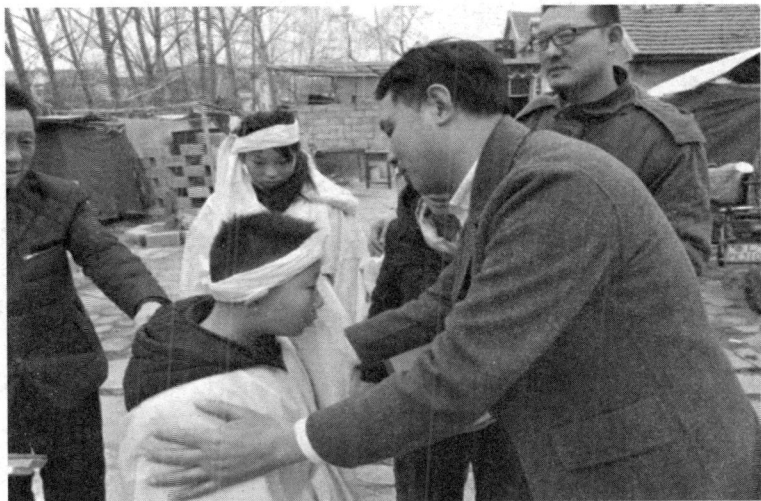

戴孝的何鲲儿子

在王伟的陪同下，我走上了何鲲出事的楼房顶。2019 年 1 月 12 日那天，何鲲穿着一双拖鞋上房顶喂鸽子，他没想到拖鞋绊到地板上的电线，一下子从楼顶摔了下来。他后脑着地，颈椎第四节粉碎性骨折，颈部以下毫无知觉。经日照市人民医院紧急抢救后，转至北京积水潭医院急诊抢救中心进行手术。

然而 2019 年 1 月 28 日 15 时，最不幸的事还是发生了。王伟接到电话，说何鲲已经脑死亡。为了让何鲲能有生命体征回到家中，医院急诊抢救中心就为何鲲插着呼吸管，用 120 救护车送他回山东日照。这天晚上 22 时 30 分，何鲲被送回了家。按照当地的习俗，何鲲当天就火化，次日亲友告别，第三天就要出殡。面对悲伤的何鲲父母和一双读小学六年级、二年级的儿女，我哽咽着对何父说："何鲲是个好兵，我们敬重他，但人去不能复生，请您节哀！如果以后小孩读书有什么困难，请告知我们。"

山东日照的王伟、胡延鹏等战友，在何鲲遭遇不幸后一直忙前忙后，真是一回战友一生情！

从何鲲家出来，王伟带我们去了海滨浴场。这里曾是我们部队 10 多年前海训的场地。那时，我与战友们如蛟似龙般在汹涌海浪中搏击，每天都在 5000 米以上。当时心中只有一个念头：练好本领，早日让台湾回到祖国的怀抱。

中午，我见到了老部队司令部的作训科科长葛长东，小车班的小李等。没想到 10 多年不见，他们依然风度不减当年。因时间仓促，未来得及叙旧。沿途不时收到王伟发来的短信询问和祝福，大显山东汉子的好客与热情。老天也开眼，在我们离开日照到达徐州时雪才下大。这也许是何鲲九泉之下的保佑，让我们幸运平安地返回吧。

因下雪，徐州市区行车缓慢且拥堵，从高速下来，半小时的行程却开了一个多钟头才到铜沛路的永业世界花园。我本打算在岳父母家多坐一会，可没说上几句话，原师医院的刘勇大校又打来电话："到哪了？"

我回答："已到徐州市区。"

"医院的院长李胜，卫生队队长肖清都在，你赶紧过来吧。"

放下电话，我眈望着岳父两鬓银发心里感到特别的愧疚。这位早年海军测绘大学毕业的高材生，因为自己对父母的孝心，放弃了军营美好前程，选择回到故乡陪父母走完人生最后路程。当年我提出转业回老家对母亲尽孝心时，他对女儿说："谁都有自己的父母。去吧，我们不用你操心。"而回义乌的 10 多年，即使我们每年回去，陪伴他们的日子加起来也屈指可数。

"爸，我们走了。"

"这就走？"

"这就走。"

等候在酒店的徐州战友

虽有许多不舍，岳父还是大度地说："走吧。"

"大爷，我们走了。"同去的刘华富在连队时就去过几次我的岳父家，当时还想把小姨介绍给他，所以比较熟悉。我把王伟送的那份珍贵礼物留下，就匆匆而别。

雪已经下得很大了，地上白茫茫一片，足有 10 多公分厚。到达饭店已是晚上 7 点多了，看到一张张熟悉的面孔，我满怀歉意地抱拳："让各位久等了！"

"罚酒一杯！"早到的葛丛明冲我一笑。不过话虽这么说，但在我每次回徐州的接待中，他从不让我多喝。这就是战友之情，有什么说什么，不做作。"来，为你们千里迢迢送爱心干杯！"在一阵欢声笑语中，我们畅怀交杯。尽管屋外雪花飘飘，室内却充盈着暖暖的战友之情。

徐州这个有着优良传统的双拥城市，让我感受到她的温度和热度。此时，我身上已是白的积雪，瑞雪迎新春，真是好兆头！

别了，我可爱的第二故乡！别了，我亲爱的战友！

期待着，来年的阳春三月我们义乌见。到时再续写人间真情、世上大爱！

政协开满了善爱的花

2012 年的初夏，商城义乌气候宜人，国际商贸城熙熙攘攘，义北龙山寺庙林木葱郁，整座城市是一片欣欣向荣、热闹祥和的景象。

这天早上，我刚到单位就接到了市委组织部办公室的电话："金书记，有空吗？组织部长让你来办公室一趟。"

"好，我马上到。"

2018 年 3 月 5 日，《爱在义乌》一书在雷锋小学举行首发式

　　当年在部队时，组织部门多次找过我谈话，那都是为了先进事迹材料和有关荣誉方面的事。现在我已转业到地方工作，组织部门的谈话，那应该是与工作调动有关。

　　来到组织部长办公室，我还是有些局促。

　　"来，快坐！"组织部长热情地招呼我。

　　"这次组织上让你到政协就任，是对你之前工作的肯定。你既没找过哪位领导，也没送过礼，组织上仍然重用你。政协机关属市四套班子，以后说话可要注意分寸。"显然，我在市行政服务中心党风廉政建设会议上解剖当前社会腐败现象时讲的话传到了组织部。不过，那次讲话我绝无发牢骚之意。在我的内心深处，始终认为我们的党是伟大的，无数先辈用汗水和鲜血乃至生命筑起了一道信仰的铜墙铁壁。我当时说的话，只是一时情急，可能言辞犀利了些。好在中央不久出台了"八项规定"，一些不良现象得到了扼制。这就如同拨开云雾现朝阳，的确令人欣喜！

义乌市政协丹心服务队向福田小学赠书

后来，听已是市政协主席的老领导葛国庆（曾任市纪委书记、市委副书记）讲："这一次干部调配，把你从部门纪委书记提拔为政协专委主任，市委考虑的依据是你长期坚持学雷锋做好事。"

"你到政协来了，我们是欢迎的！宋英豪主席特别交代，只要做好事，政协为你提供方便。"我在单位报到后，市政协秘书长金延风语重心长的一番话，令我记忆深刻。

人会变老，岗位可调，但立志学习雷锋的初心不能更改。于是，善爱的星火又在市政协传递。

东海助学

一天，我们港澳台侨与社会法制委从市民政局调研"建立大病救助体系"课题回来，市政协副主席杨桂芳对我说："金主任，你把上次计划去东海爱心助学的行程安排一下。我跟宋主席汇报过了，你打个报告。"杨副主席作为民主人士在政协工作已多年了，她虽然有时脾气急躁，却有一副热心肠，对于老百姓上门寻求帮助的事，她总是尽心尽力。我记得有一次专委会活动，政协委员孙金华（时任市行政执法局副局长）谈起老百姓反映去医院看病门诊报销比例过低一事，杨副主席听后，就对政协委员龚小庆（时任市劳动人事和社会保障局副局长）说："龚局长，你对比一下全省的报销比例，提出一个适合义乌社会经济发展水平的额度。"后来，龚小庆委员通过走访群众、征求相关部门的意见和建议，提出了关于"解决看病难，提高门诊报销比例"的建议并提交市政府，且很快被采纳。

此时，按照杨副主席的要求，我说："好的，我马上安排行程。"

"对了，6 名受助学生的费用，侨联的万钧主席说他们来出，我答应了。为了帮助学生，我也准备了 1000 元红包，给学生买些学习用品吧。"

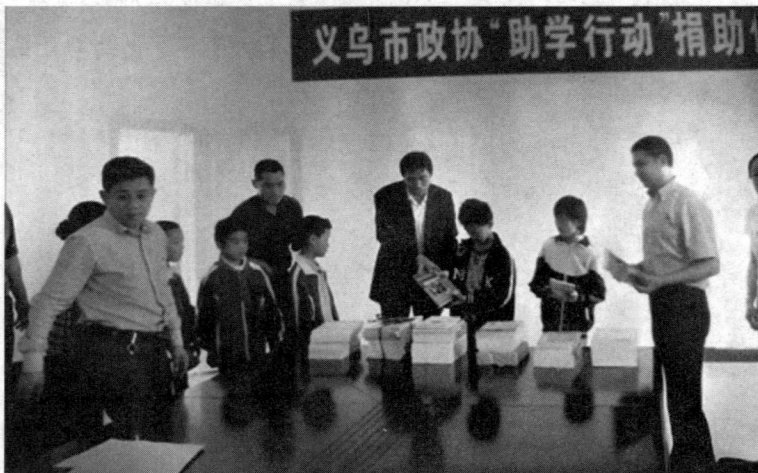

义乌市政协爱心人士在江苏东海中心小学助学

"太感谢杨副主席了！"

想不到来到政协才半年多，我助人为乐的行为便得到了领导和同事们的支持，更没想到他们还能一同参与。这次，市工商局闻讯后就送来了 10 个篮球、10 个排球和一些乒乓球拍，市政协机关也赠送了 200 册图书。

出发时，市侨联的万钧主席因出差德国没能同行，随同我们的是留联秘书长江乐乐。江乐乐是一名 "80 后" 归国留学生，也十分热心公益。她与我见面的第一句话就是："金主任，万钧主席让我把这 6000 元助学款交给你，如不够回来再补。"

"谢谢万钧主席！谢谢侨联！你们的参与让我很温暖。"当我接过那厚厚的信封时深受感动，信封里装的不仅仅是 6000 元爱心款，更是一种支持、一份信任。

这天一早，我们从义乌市政府大院驾车出发，经过 5 个小时行驶才到达江苏省南通市。南通，这座被誉为"北上海"的港口城市，犹如苏东一颗崭新的明珠熠熠生辉、美丽动人。

时任南通市人大办公室主任的原警卫连指导员顾东郊早已在我们下榻处等候。他之前是我们连队首长，在我工作最困难时曾给予了强有力的支持。后来，他调任集团军当保卫干事，直到团职岗位才转业回到老家。这是我们从连队分别后的第一次相聚。

对于我们的到来，顾东郊指导员自是一番热情招待。他来到杨副主席跟前，充满感情地说："杨副主席，早在我当警卫连指导员时，就曾陪同金正洪去学校参加过'六一'活动。没想到 20 多年过去了，您能带大家来东海助学。这不仅是对金正洪的支持，也是为江苏人民做好事。来，我敬您！"

"指导员，很感激你的盛情款待。你带了一个好兵，我是沾了你的光，谢谢了！"说着，从不喝酒的杨副主席也一饮而尽。

相聚短暂，分别难离。顾指导员特意为我们赠送了南通丝织品，还送我们至高速路口。我在与他握手言别的瞬间，眼泪竟夺眶而出，说道："指导员，我……"没等我把话说完，顾指导员就打断我的话，说："好像永别似的，快上车吧！下次路过，还在这里逗留，指导员不会给你失面子。"

我擦了一把泪，恋恋不舍地道别顾指导员。车子缓缓驶出小海收费站进入沈海线，向我们的目的地东海县行进。车子一路速行，道路两旁一棵棵白杨高大挺拔，我眼前仿佛又出现了顾指导员的身影。

下午 5 点，我们抵达连云港东高速出口。退伍后在李埝乡当报道员的邵光明已早早在此等候。自当年他写的《战士金正洪关心儿童不留名》一文在《新华日报》上发表后，我们便保持了通信联系20多载。他现任建设局办公室主任，戴着一副金边眼镜，热情的笑容里透露着一股睿智。当我们路过东海县城铜牛雕塑时，他介绍说："东海县城叫牛山，所以特意将牛作为东海的地域标志，寓意为奔牛向前，吃苦耐劳，彰显老黄牛的精神。"

东海县位于江苏省东北部，地处江苏、山东两省交界处，东濒黄海，西接彭城，南依江淮，北接齐鲁。这里资源丰富，拥有"石、泉、湖、井、画"等5张特色名片，先后被评为全国粮食生产先进县、国家级生态县、全国文化先进县、中国观赏石（水晶）之乡、江苏省级园林城市、百湖之县、中国民间艺术之乡，也是南朝诗人鲍照、现代散文家朱自清、当代版画家彦涵等历史文化名人的故乡。而我们所要去的林场，也是东海县的一张名片。20世纪70年代，作为知青点，很多上海知识青年曾在这里奉献过青春年华。

爱心人士为6名学生赠送书包、助学款

　　次日，太阳早早从地平线上跃出，用初放的光芒慰抚着大地，使万物充满生机。在葱葱郁郁的林场，勤劳的乡亲已下地，孩子们的欢笑声不时从林间学校传出。

　　我们爱心助学一行在东海县政协副主席李斌的陪同下，驱车来到被当地称为连云港西伯利亚的李埝中心小学。在该校二楼会议室，我们与6名受助学生见了面。当江乐乐秘书长将装着1000元的义乌市侨联爱心红包分别递到6名成绩优秀的贫困学生手中时，孩子们充满稚气的脸上略显腼腆、紧张。但他们知礼、喜悦的表现，更是让人觉得可亲可爱。李埝林场的二年级学生李佳慧，母亲长期生病，父亲在地里种些花生，一年劳作的收入难以支付母亲治病的费用。由于家境贫困，营养不良，她的个头也明显瘦小。在接过红包的那一瞬间，她感动得哭了。杨桂芳副主席走到她跟前，温情地说："孩子别哭了，以后家里有什么难事跟阿姨说，我们会帮你的。"三年级学生顾一平不仅活泼开朗，而且好学上进，学习成绩一直优异，她从小学一年级开始就一直当班长。在她给我的10多封来信中，除了说要努力学习外，还有对人生的思考。其中有一封信中这样写道："伯伯，我在学习之余也会力所能及地做些对社会有意义的事。比如帮助同学、关爱他人等。我想，学习可以通过勤奋获得长进的话，学会做人也可以从一件件好事积累。等我长大了，也会像您一样做一个有爱心的人。"

　　这次东海之行，虽然时间短暂，却影响巨大。报社记者刘军以"三十年爱心助学，感动一座城"为题进行了报道。时任义乌市委书记的李一飞在刊登报道的报纸上批示：商城需要这样的大爱。自此之后，打电话请求加入助学队伍的人络绎不绝，从商城义乌赴东海助学的人和事如雨后春笋般地涌现。2015年"六一"

国际儿童节，义乌市雷锋馆的何青英为学校送去近万元的学习用品；2016年夏天，远在河南郑州的陈辉、上海的宫文和浙江余姚的黄海芳等曾在警卫连当过兵的退伍老兵齐聚义乌，驱车千里为东海李埝小学的受助学生送去节日的慰问；2019年5月底，义乌国际商贸城的杨爱清、上海闵行的朱海平、江苏苏州的陈全学带着对少年儿童的一片真情，为学校送去节日最珍贵的礼物；义乌台联的蒋雪方为学校赠订了20份《雷锋》杂志。在我们到达李埝中心小学的当天，李埝乡高埝村农民顾整队和妻子骑着电动三轮车赶到学校，特意送来自家产的花生油和鸡蛋。我坚决不肯接收，顾整队就紧拉住我的手，动情地说："大哥，这些年我身体不好，全靠你的帮助，顾一平才能继续学业，并顺利考入县实验中学。这份恩情我无以回报。这些东西都是自家产的，虽值不了几个钱，但也是我们的一片心意，请你务必收下！"

这就是重情的受助学生家长。我们只做了一点点事，他们却总记在心头。我们从东海县助学回来后，义乌穗宝床垫的楼葵芳、国际商贸城的缪文中、骆璇及邮政系统的政协委员朱向东也志愿加入了结对捐资助学的队伍。善爱的种子已在春天里生根发芽，出土的春苗正在阳光下茁壮成长。

四监帮教

那天，我接到杨副主席的电话，说要去第四监狱帮教。当时我心情十分激动：我自从转业回到义乌后，虽也曾去看守所视察过，见过那些触犯刑律被关押的人，但是跟监狱管理部门已很久没联系了。此时，20多年前的往事又浮现在我的眼前。

浙江第四监狱大楼

　　那是 1988 年的秋天，我收到一位在南京大石桥监狱接受改造的苏华来信。他说有一位朋友从南京转到了徐州市的江苏省第四监狱接受改造，让我去帮一把。这封来信让我激动，因为写信的苏华不仅在思想上已与昨天告别，而且行动上也正在为重新做人而不断努力着。

　　这是隆冬的一天，北风呼啸，雨下个不停。当我满身雨水地出现在第四监狱门口要求见苏华的朋友时，值班室的民警很好奇，他问我：

　　"你是他的什么人？"

　　我摇摇头。

　　"你认识他吗？"

　　我还是摇摇头。

　　值班警察见我什么也不沾边，就不耐烦地说道："走吧！我在监狱 20 多年，还没见过像你这样与犯人素不相识的人来探监。"

　　但当我把帮助苏华改造，并受其之托想帮助犯人朋友的事一说，这位老警察感动了。他还特意向我介绍了有关苏华的朋友入狱的情况。原来，苏华的朋友因哥们义气替人打抱不平，打伤人后被判入狱。

　　第一次探监，监管干部破例让我与该犯人见了面。他叫李志军，个儿不高，虽然脸上流露出不屑一顾的表情，但是说话倒比较客气。他说："你的事，我听苏华讲过，作为朋友我信你。"我们初次见面虽然讲话不多，但我感到此人可以改邪归正。

　　从监狱出来，雨虽停了，但天空仍旧暗淡。临行前，监管干部说："我看得出来，李志军对你蛮信任的，日后你想什么时候来都可以。"

　　之后，我与李志军通了几次信。他在回信中告诉我：我给他的信是中队指导员转交的。指导员叫周捷，家住徐州，对他很关心。经过我三次探监后，李志军果然像换了个人。从周指导员嘴中得知，现在的李志军变了，重活累活抢着干，也爱学习。听到这些，我心里乐滋滋的。这不仅对苏华之托有个交待，更重要的是，在不久之后，又会从监狱里走出一位被改造好

金正洪与李志军（左一）在淮海战役纪念塔合影

的新人。

后来，李志军当上了仓库保管员，他在给我的来信中说："大哥，这份信任对我来说太重要了。以前我一直以为监狱就像我的生存环境一样，做得再多，干得再好，立功减刑也轮不上我。现在我懂了，靠关系获得的奖励并不能对我有多大帮助，只有用汗水换取的收获才是最可贵的，我一定会加倍努力的。"这一年，他立功了。当他把这份喜悦同我分享时，我立即买来水果送到监狱，为他庆贺。

三年中，他两次立功，还被评为监狱系统改造积极分子。

1991 年夏天，是李志军重获新生的日子。当他走出监狱大门，面对灿烂的阳光时，他大声喊道：我自由了！

李志军就要回南京了。在向我告别时，他特意给我送来了自己亲手做的台灯、铁铲和铁勺子。"金哥，这是我在监狱里做的，我不知道送什么才能表达出对你的感激，但这些东西是我亲手打磨的，留作纪念吧！"

当我接过这份特殊的礼物时，觉得这三样东西比什么都珍贵。它不是一般的生活用品，而是一个曾经破罐破摔的人迷途知返后告别昨天的决心和开启新生活的信心。

然而，我与杨副主席这次要去的并不是我所熟悉的江苏省第四监狱，而是位于杭州市余杭区临平的浙江省第四监狱。

2014 年 4 月 28 日这天早晨，一辆商务车停在市政府大门口。不一会，去第四监狱帮教的政协委员相继出现，有几个我并不熟悉。经杨副主席介绍，同行的为邮政部门的朱向东、做彩印的方美春、做贸易的胡旦宁，还有做珠宝生意的王文君，清一色的"红色娘子军"。一路上，她们欢声笑语，好不热闹。

义乌距余杭并不远，不到两个小时我们便到达了目的地。据陪同我们帮教的原省监管局局长介绍：创建于 1952 年 10 月的浙江省第四监狱，原址在杭州市区，1959 年搬迁至余杭县，占地 884 亩。此监狱在全国首创"罪犯百分考核"，是浙江省一级监管安全单位。监狱提出了"惩罚与改造相结合，以改造人为宗旨"的监狱工作方针，坚持依法、严格、科学、文明管理。监狱除了进行劳务加工，还组织犯人参加劳动技能等级证书、职业证书考核。全监狱有 600 名犯人参加成人高考，通过率达 70% 以上。这个监狱先后荣获多项国家及省部级荣誉：司法部质量管理奖、全国设备管理优秀单位、全国模范职工之家、全国总工会"工人先锋号"、全省政法系统"人民满意政法单位"、全省综合治理先进单位、全省司法行政系统执法工作先进单位等，先后被国家司法部、省司法厅、省监狱管理局荣记集体一、二、三等功等。

这次，我受邀为浙江省第四监狱的犯人作报告。在监狱小礼堂，主席台上方一条醒目的标语写着：全国学雷锋标兵金正洪报告会，台下整齐地坐着近千名清一色剃着光头、穿蓝色囚服的犯人。

这里关押着 3800 多名严重刑事犯，有的关了 5 年还不到 20 岁；有的关了 10 多年了，快要告别没有自由的生活。在他们充满希冀的眼神中，分明是一种对新生活的渴望。当我开场白称他们为"亲爱的朋友"时，报告厅里竟响起了长时间的热烈掌声。在报告会中，我讲了自己的过去，讲了战友苏华失足后母亲对他的期盼，还讲了告别昨天开启明天的重要性。我将自己的所见所感娓娓道来，他们都很认真地听着，还不时地给予掌声。在我所做的 100 多场报告中，这是感觉最触心的一次。

在帮教环节中，杨桂芳副主席向义乌籍服刑人员逐个赠送了毛巾、肥皂等生活用品和有关人生方面的图书。而同去的女政协委员这一下发挥作用了，在与犯人的单个交谈中，她们有的给以母亲般的关心，有的像大姐姐那样的亲切。家住义乌市稠城的犯人陈士群对往事充满了悔恨。他于 1999 年进入监狱，至今已有 14 个年头，还有两年就可以出狱了。"如果当时不冲动，现在的我应该是在市场做生意吧。"他很后悔当年因为打架斗殴致人死亡，造成了无法挽回的错。

"对于这些年的改造，你最大的感受是什么？"我问。

"是对父母的不孝。"他惭愧地低下了头。

"这话怎么讲？"

"假如我不犯罪，那么我应该陪伴在父母身边。可现在还让 60 多岁的父亲往监狱跑。特别是他们生病了，我也照看不上啊。这不是我做儿子的失败吗？"陈士群说着，眼角滚出了自责的泪水。

"你想过没有，被你们夺去生命的人也有自己的父母啊！他们不更悲痛吗？"

政协委员视察美丽的乡村

　　"所以，我很悔恨！如果再出现以前那样的事，我再也不会冲动了。"

　　是啊，人的一生很短暂，不要等到失去了才知珍贵，珍惜生命才是生活的全部内涵。一个人失足固然可怕，而更可怕的是跌倒后再也没有信心爬起来。善良的人们啊，多给这些人狱接受改造的群体一点宽容，一份关爱，一些帮助吧，使之增强信心，努力改造，早日成为社会的新生分子。

　　义乌稠城街道下何宅村的何京连、上朱宅村的宋宁等犯人表示："虽然我们犯了罪，但社会没有忘记我们，家乡没有忘记我们。在今后的改造中，我们一定洗心革面，争取做一个对社会有用的人，早日告别昨天，迎接新的人生。"

　　在监管干部的陪同下，我们一行还参观了犯人的生活区，观看了他们的宿舍。只见室内摆设整齐划一，被子叠得方方正正，一看就知道这里有军事化管理的成分。在厨房，值班的犯人正在制作晚餐，有炒苞菜、蒜薹炒肉丝，还有红烧肉，伙食还不错。听教育科的周进讲：他们每周有食谱，保障生活条件是几项权利中的重要一条。

　　乘着一抹夕阳，我们告别了第四监狱，踏上了回归的旅程。

为战友募捐

　　次年的夏天，家住河南省尉氏县的原警卫连退伍老兵徐卫贞突患脑梗，生命垂危，医院也发出了病危通知书。家中唯一未成年的儿子为了给父亲治病，中途辍学外出打工挣钱。得知这一情况后，为了挽救其生命，我在朋友圈发出了呼吁，当天，我就接到了上百条回复及关爱电话。

他们有的问："金主任，你的卡是哪个银行的？"

"农业银行。"

"收到，下午落实！"对方及时、果断地回答。

检察院的政协委员陈节庆说道："我也尽点心意吧，愿徐卫贞早日康复，愿人间处处有善爱。"

民政局的政协委员陶春华说："我是做民政救济工作的。如果徐卫贞缴过大病医保，救助的力度就会大些。但他不在义乌，我也帮不上。那我就以个人名义捐600元，烦请转交。"

在朋友圈博文发出的三天内，每天都有近万元的捐款进账，其中很多捐款人还是我多年不见的老战友。

浙江商翔集团有限公司董事长王文军虽与徐卫贞都曾在警卫连当过兵，但他们素不相识。可是，为了挽救徐卫贞的生命，他当即就寄去2000元钱。在短短的几天时间里，就有100多位战友通过各种方式为徐卫贞捐款。

而义乌社科界的政协委员们听说我要帮助患病的战友，也都伸出了热情的手，你一千我六百的共捐助了2万元的爱心善款。

一天，我接到一个陌生的电话，因有事我摁下了。不一会，对方又打了过来。

"你是哪一位？"我的口气有点大。

"金主任，我是方美春。"

"原来是你啊！"我不假思索地惊喜道。

就是这位政协委员方美春，去年还与我一同去浙江省第四监狱帮助过犯人呢。她所经营的义乌市虎跃包装材料有限公司也是有一定知名度的。于是，我满怀歉意地说道："方委员，对不起，我还以为是广告电话呢。"

"没打搅就好。听吴忠尚委员讲，你在开展爱心募捐？"

"是的。我们原警卫连的退伍老兵突患重病，生命垂危。"

"那么，我先捐 1000 元。后面如需要，说一声就行。"

朱向东（右三）坚持 10 多年为学校捐赠文具用品

后来，我从别处了解到，方美春委员所经营的义乌市虎跃包装材料有限公司因企业互保承担了一些银行债务，资金周转遇到了困难，但她对爱心公益仍不含糊。

身患重病的徐卫贞收到了众多像方美春委员这样热心人捐助的 10 多万元捐款，得到了及时救治，生命得以延续，目前已重新站立起来了。他儿子也停止打工，重回学校读书。

2020 年 2 月，正洪爱心公益协会为援助抗击新冠肺炎疫情，向湖北省恩施州来凤县中心医院捐赠了爱心医疗物资。其中，就有徐卫贞的爱人黄小付捐助的 200 元购物款。

那次从浙江省第四监狱帮教回来后，同去的政协委员朱向东对我说："金主任，只要有关爱心的事，你说一下，我定会尽心尽力。"

我知道，朱向东从来都是说一不二的人。

2017 年，我因忙于日常事务，有好几个月没向"希望工程"汇款了，这次我抽空准备向希望工程汇款。由于朱向东在邮局工作，我给她打电话说明了原由，她说："好的，一句话的事！"而当我把汇款转过去时，朱向东生气地说："看不起我啊？这点钱就当做爱心公益了。"

朱向东送文化到乡村

"那不行！你不收，下次就不敢劳你大驾了。"可是，无论我说什么也拗不过她。

2018 年 4 月，江苏省盐城市的施其东战友因脑溢血生命垂危。朱向东委员看到我在朋友圈发的消息，立即转来 500 元爱心款，并附言：病魔无情，人间有爱，愿施其东战友早日康复！

不幸的是，无情的病魔还是夺走了施其东的生命，但在他生命最后的日子里，他仍然感受到了来自社会的大爱、人间的真情。

2020 年的春天，抗击新冠肺炎疫情的战斗在全国打响。此时，政协社情民意联络员龚小忠刚注册登记了"义乌市正洪爱心公益协会"（其前身为"警卫连善爱团队"），就组织协会紧急开展了为湖北省来凤县中心医院捐赠抗击疫情医疗物资的活动。活动启动时，有 20 名政协委员立即参加了爱心捐赠。朱向东委员给我打电话说："金主任，你先帮我爱心捐赠 500 元。同时，我要结对那名叫王文军的成绩优秀的贫困学生。"

"你一直以来积极参与爱心活动，谢谢了。"

"别客气。我是在兑现那一次参加第四监狱帮教时的承诺，跟着你多做好事。"

朱向东的爱心善行，展现了一代年轻政协委员的靓丽风采。

丹心服务队

政协机关的党员热心爱心事业，组织成立了丹心服务队。这些年来，丹心服务队不仅为修复生态创建了一块政协委员林，还先后开展了多次爱心助学、关心少年儿童成长活动，组织党员扶贫帮困、结对贫困农户等活动。

那天，我从宾王中学参加升国旗仪式回到单位，办公室的副主任金洪军对我说："刚才骆斌老师找你，我让他在办公室等一下，他说自己走一走。"

"谢谢，骆老师应该没走远吧？"

我回到办公室，见桌上放着一本《骆宾王文化集》。这本书是骆斌老师编的。看到封面上骆宾王的塑像，我仿佛跨越历史长河，见到了他书写《讨武曌檄》怒斥权贵时的血性。据悉，前些年骆斌老师还参加了市政协《义乌名人传》《义乌名人录》等书的编写工作。那时我还在部队，因为约稿，所以与他通信联系了20多年。被称为校园作家的骆斌老师，不仅善于著书立说，而且还热衷爱心公益。

"小金，你回来了？"

见骆斌老师进来，我连忙起身迎接："您好！"

"别客气。"他摆摆手，接着说："我今天有件事请你帮忙。我已是一个80多岁的人了，说不定哪天就没有了。所以，想请你们爱心团队接手继续帮助我曾经帮助的那位小女孩。"

余超、龚小忠、陈德松等与少年儿童在一起

原来，他从报纸上看到一篇报道，说是义乌有一个懂事的小女孩，在得知母亲身患重病后，发出了"妈妈请等我长大，这样我可以照顾你了"的誓言。看到这里，骆斌老师落泪了，他被这名稚气未尽的二年级学生感动了，并想要帮助她渡过难关。于是，当天下午，骆斌老师就从银行取了5000元钱，乘坐公交车辗转来到佛堂倍磊这个学生的家，对她母亲说："闺女，小宋颖的事你放心，我只要活着一天就会关心她一天的。"从那以后，骆斌老师先后去宋颖的家和学校10多次，送去爱心款1万多元。

此刻，骆斌老师的爱心交接，使我深受感动。我当即表示："骆老师放心，我们一定把爱心接力棒承接过来。"

我把此事在爱心群一说，就得到了热烈响应。原政协委员、义乌市台联会会长蒋国勇打来电话表示："资助宋颖上学，台联不缺席。我们承诺负责她每年的生活费，资助到她大学毕业。"

"骆斌老师是政协的老朋友，他请托的事我们一定要做好。"政协机关党员丹心服务队的领头人如是说。这一年的5月27日，政协办公室副主任贾云超备了1000元红包和一些学习用品，来到宋颖就读的倍磊小学。

"宋颖，快谢谢阿姨。说自己一定好好学习，用优异成绩回报所有关心自己的人。"班主任话音刚落，腼腆的宋颖手拿着红包不知所措，一下子急得哭了。

义乌市政协的叔叔、阿姨与宋颖在一起

次年"六一"前，市政协主席葛国庆听说政协机关结对帮助贫困学生宋颖的事，对机关党员丹心服务队的负责人说："这是好事。为了彰显政协机关的大爱，让每个党员都参与献一份爱心。"并带头捐了100元作为特殊党费，用于资助宋颖。

这一天，政协机关党员丹心服务队的丁秀清、金洪军、朱小玲、吴敬宝等带着政协机关党员1300元特殊爱心款来到倍磊小学。学校特意在教室进行了"你好，新时代"优秀少先队员表彰活动。原政协办公室主任丁秀清代表学校将"优秀少先队员"的奖状发给宋颖。这次宋颖比上一次大方多了，当她从朱小玲手中接过爱心红包时，开心地笑了，并感激地说："谢谢政协的叔叔、阿姨，我一定努力学习，长大做个有爱心的人。"

参观义乌雷锋馆

2019年"六一"儿童节，宋颖小学毕业了。市政协机关党员丹心服务队如期来到学校，不仅送来了政协机关每个党员的特殊党费，还同稠江专职消防队学雷锋服务队带来了一辆山地自行车。

在学校大操场，倍磊小学进行了"欢度六一儿童节日　敬礼祖国七十华诞"庆祝活动。在欢快的少先队歌声中，700多名学子面对冉冉升起的五星红旗进行了"今天我们是祖国的花朵，明天我们是国家的栋梁"的宣誓。一张张天真活泼的笑脸，如同朝阳下的向日葵生机蓬勃，充满希望。政协丹心服务队的陈炎、丁鼎旭、应荣、朱小玲等为"十佳少先队员"赠送了节日礼物，台联的蒋国勇为学校赠送了200多册图书，义乌的爱心人士楼关海夫妇每年这个时间都要为宋颖送来2000元爱心款。

为"十佳"少先队颁奖

善爱的种子，犹如春天的幼苗，在阳光雨露下茁壮成长；幸福的花儿，在社会的温暖中，必将绽放得更加鲜艳。

一天，福田小学的陈德松校长和常务副校长吴阳春来到市政协找到我，说他们学校要在3月5日学雷锋日开展一些活动，想请政协参加。"好啊！"我们一拍即合。我当即就向政协秘书长骆照明汇报了该校的意愿，他十分爽快地说："好啊！关心下一代，帮助学校德育教育，这是好事情。需要怎么做，与学校对接好。到时，丹心服务队一定参加。"

10 多年前，我曾去新建的福田小学做报告，当时我就感觉，这所小学育人环境非同一般。福田小学成立于 1993 年，原址在福田水口寺，2004 年 11 月撤并辖区内所有完小后，搬迁至商城大道 55 号，毗邻中国义乌国际商贸城。校园占地面积 73 亩，绿化面积 34.44 亩；现已开设 54 个教学班，共有学生 2448 人；在编在职教师 109 人，高级职称 5 人，一级教师职称 76 人，现有市学科带头人 3 名，市级以上教坛新秀 8 名，市级以上优质课获得者 42 人。学校先后被评为全国足球特色学校、浙江省示范性学校、浙江省"最美校园"和浙江省课外阅读先进集体等。

福田小学办学特色鲜明，实施"遵循科学适应性发展"的办学理念，践行"德业并进日臻卓越"的校训，落实科学教育质量观，具有较强发展优势。据介绍：学校建立了一支高素质管理团队，形成了一批教学骨干群体，营造了美丽的校园环境，开发了特色拓展课程，创建了现代数字校园，打造了家校协作平台。学校还充分利用校园周边的市场资源、福田湿地公园自然资源、义乌港、义乌海关、义乌气象局等广泛开展社会教育活动。在市内外享有较高的声誉，是义乌城区新兴的一所现代化名校。

2019 年 3 月 5 日，天公不作美，春雨绵绵，给活动增添了许多不便。好在学校做了两手准备，天晴在大操场，下雨则转移至报告厅。我和前来参加活动的政协社情民意联络员龚小忠、先期到达学校，陈校长陪着我们参观了学校教学楼，在正门的一块石头边停下脚步，他说："就在这里，我们想请陆将军题写'仁爱'二字，可惜今天他没来。"

"放心，我会让首长写好寄过来的。"

虽是雨天，漫步在校园内，只见景美如画，人景和谐，相得益彰。

不一会，政协的中巴车到了。带队的是政协副主席王建新，他曾任过教育局局长，对学校情况比较熟悉。同来的还有政协机关的陈炎、应荣，以及秘书科的余超、金文强、吴敬宝等。"欢迎你们！"陈校长迎上前去，并一一握手致谢。

学雷锋活动在学校体育馆举行。政协丹心服务队、义乌市社情民意联络员为学校每个班级建立的读书小组赠送近千册《雷锋》《爱在金秋》等书籍，原国防部长耿飚办秘书、《耿飚传》作者、孔子73世孙孔祥琇向学校赠送《耿飚传》。陈校长为政协丹心服务队和龚小忠颁发荣誉证书。

王建新副主席在讲话中说：

3月里和风送暖，我们要在这个月纪念一位影响深远、精神永驻、催人奋进的战士，他就是雷锋。今天是"学雷锋活动月"的启动仪式，在此我谨代表市政协对学校为这次活动所做的努力表示衷心的感谢！

雷锋精神感召着一代又一代中国人，在平凡的岗位上做出了不平凡的事迹。作为一名小学生，学雷锋要做些什么呢？其实很简单，就是"从自我做起，从小事做起"。我要向在座的孩子们发出两点倡议：第一，希望大家讲文明，懂礼貌，守纪律。见到老师、同学主动打招呼问好，团结友爱、关心同学、互相帮助，遵守校纪校规，严格遵守小学生日常行为规范。当前是义乌市创建全国文明城市的关键时期，我们要发挥"小朋友"的"大力量"，不但自己要做文明标兵，还要带动爸爸妈妈和身边的亲朋好友们都"做文明人，行文明事"。第二，希望大家要多读书，善读书，读好书。今天我们给同学们准备了一些书，希望这些书能带领你们开启求知之旅。同时希望大家在以后的日子里，不断攫取书中的知识，发扬刻苦钻研的精神，成为义乌"对标自贸区、干实试验区"，高质量高水平建设世界"小商品之都"的中流砥柱。

同学们，也许我们的行为微不足道，也许我们的行为并不引人瞩目，但我们洒下的辛勤汗水一定会收获更多的成果！让我们携起手来，从我做起，从身边的小事做起，让成千上万个"雷锋"成长起来，让"雷锋精神"永放光芒！

在热烈的掌声中，学生们表演了学雷锋节目。

最后，活动在齐声合唱《学习雷锋好榜样》的歌声中结束。

2018年秋的一天，市政协办公室主任虞匡荣去大陈镇里娄山村走访困难群众，为贫困户送去了大米、食用油等生活用品。在离开村时，听村主任叹气说："村里有一些贫困农户家烧了酒，以前当成脱贫的门道。可今年原材料价格上涨，销路也不

2018年7月2日，义乌市政协机关党员"丹心服务队"对大陈镇凤升塘村爱心结对农户进行扶贫帮困

好，还一直存放在家里卖不出去。"

"大概有多少农户？"虞主任停下了脚步。

"几十户吧。"

"你看这样好不好？我回去后问下政协丹心服务队，他们需要的话，我叫行政科长丁宏与你联系。"

周二上午，是政协机关学习日，当虞主任把里娄山村的情况一说，就有不少人表示愿意参加爱心帮扶。贾勇进在政协机关已有 20 多年了，听说是为了帮助贫困家庭，当即表示认购 100 斤。他说："虽然我每年存酒，今年已买过了，但这酒特殊，我愿意再买一次。"

而办公室的傅春丽家中并没有人喝酒，也买了 20 斤。善爱如同一颗温暖的种子，一经播撒便生根发芽、开花、结果。在短短的半个小时，大家你 10 斤，我 20 斤，一下子就有 20 人认购了近千斤爱心酒。

当里娄山村的贫困农户收到政协的爱心酒款时，个个露出了幸福的笑容，村主任说："政协丹心服务队好样的！"

是的，在市政协工作的人员，都有自己的本职工作，但他们在工作之中或工作之余，都把学习雷锋、传承雷锋精神作为己任，踏实工作，助人为乐，始终把"善爱"融于言行之中。

善爱路上的那盏灯

　　2020 年初的一天早晨，我正想走出办公室，去了解有关义乌市新四军协会换届的准备工作，忽然听到电话铃声响起。

　　"小金吧？"我还未开口，对方就亲切地打招呼。

　　"是的。"

　　"近来好吗？你那母校情况还好吧？"

马以芝政委海滨留念

"首长近来好吗？我一切都好。"

当听出是原坦克二师政委，后任职浙江省委常委、省军区政委的老首长马以芝时，我难掩激动心情，关切地问道："首长，在杭州吗？我想就今春 3 月 5 日学雷锋一事向您汇报。"

首长是位热心人。2016 年 3 月 5 日，我以个人成长经历为主要内容创作的《爱在旅途》在母校前店小学进行首发。一听说有学雷锋活动，马以芝政委马上赶来了，尽管他刚动过肠胃切除手术。在会上，他作了热情洋溢的讲话，这让与会战友感慨万千。河南郑州的陈辉说："首长虽身居高位，却依然那么平易近人，言语中充满了关爱之情。"马以芝政委返回杭城后，看到媒体报道的学校塑胶体育场馆学生中毒的问题后，多次来电询问学校体育馆的塑胶安全问题，他强调："学校这个体育馆投入使用没多久，上千名学生关系到上千个家庭，安全一定不能放松，要检测塑胶的质量。"我把首长的关切转达给学校的陈志民校长，他说："请首长放心，使用前和使用后学校都找专门检测机构检测过，安全的。"

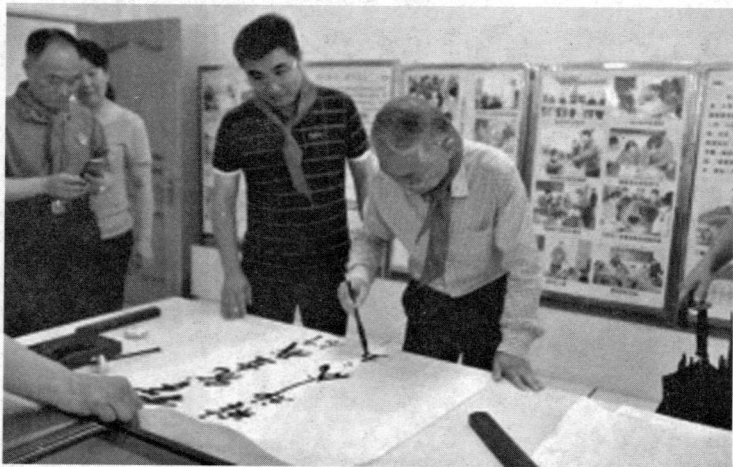

2016 年春，马以芝政委为雷锋小学题词

　　首长就是那么热心，且有强烈正义感，我说的事他从不会推辞。2018 年春，我的第二本书《爱在义乌》举行走进校园赠书活动，马以芝政委答应来参加的，但却因为一位朋友病危而不能赴约。对此，他除了表示歉意外，还写来了热情洋溢的信。我看着熟悉的文字，在军营中的往事如潮水般涌现，感觉心里暖洋洋的。

不能让好兵吃亏

　　那年 5 月，我按照政治计划去师大礼堂准备为全师干部作"正确对待义与利"的报告，但是当我到达会场时，却被告知报告会取消。后来，从连队指导员柯杞进处得知，有人给师长写了匿名信，说我偷卖坦克轮子，下馆子吃喝。知道了事情的原委后，我心里好受多了。身正不怕影子歪，取消了一次报告会或许就是对我的一次考验吧。

1994 年 8 月，马以芝政委（右二）陪同原南京军区政治委员方祖岐（右一）到警卫连慰问，左二为时任坦克二师副师长徐金才

过了两天，师政治部传来消息：上级将派工作组进驻连队。

原来，担任师政治部主任的马以芝收到了警卫连 6 名班长的联名信，信的大致内容为：我们是警卫连即将退伍的老兵，感谢部队这个大熔炉把我们这些农村毛头小伙子培养成一名兵头将尾的班长，这将是我们一生的财富。今天我们联名写信，不是向党组织提什么要求，而是为我们连队司务长金正洪鸣不平。在连队的三四年，我们目睹了司务长一心扑在连队工作的情形：为了改善连队战士伙食，他每天早晨 4 点多起床，带着两名战士骑三轮车，去远在 10 多里地外的七里沟蔬菜批发市场拉菜，每次都能节省几十元，从而让连队有了每餐四菜一汤的好待遇，每周六还有小会餐。而且我们每个战士，每年都能过上生日，感受到家庭的温暖。

马以芝政委与校领导交谈

与此同时，我们还知道司务长做了很多好事。为连队办"正洪图书室"，他和战友们捡废纸废铁卖钱买书，丰富了大家的精神生活。他在天桥帮老大爷推过车、救助过流浪少年、帮助过劳改犯，还把自己的自行车卖掉捐给患重病的姑娘。他当了7年兵，至今连对象还没找到。

如今，这样一位埋头干工作的好大哥，我们心目中的人生榜样，却受到了不公正的待遇，我们想不通。如果正气得不到张扬，歪风邪气自然上升。我们希望上级政治部门还司务长一个公道。

据说，马以芝主任看完信说："金正洪是个好兵，好兵啊！"当即就让组织科长派人到警卫连了解情况。

不久，师政治部长干事会同司令部直工科宋翔来到连队，调查了解匿名信反映的情况。结果自称报社记者的写信人是连队文书，而写信是因为受一名对柯杞进指导员有意见的排长挑唆，针对的对象并不是我。

马以芝政委（右三）与前来义乌参加爱心活动的原警卫连战士宫文、黄海芳、陈辉、李军及原警卫连指导员柯杞进合影

　　后来，给马以芝主任起草写联名信的炊事班长蔡玉根转为志愿兵，转业后回江苏江都从事水利工作。他说：遇到这种不公平的事，谁都会出来发声，我所做的事对得起自己的良心。没想到，这件事却让警卫连的善爱发扬光大了。

　　不久，由直工科干事宋翔整理的第十二集团军大会发言稿"战士的追求"被送至师政治部，马以芝主任逐字逐句进行了修改，并改题目为"在奉献中实现人生的价值"。他对参加撰写报告的相关人员说："金正洪事迹很过硬，唱的是一首爱的奉献歌。所以，一定要实事求是，引用的数字和具体事例都要经过本人确认，打造好一个真实的典型。"

　　这一年，柯杞进指导员转业回到了南昌。与马以芝主任告别时，他请马主任转告金正洪：组织上绝不会让好兵吃亏！

　　这一年，我作为优秀基层官兵的代表，在十二集团军召开的基层工作会议上向与会代表报告：在奉献中实现人生的价值。

马以芝政委（右一）与总参首长徐舫艇将军（右三）在王杰馆合影，右二为时任坦克二师师长朱文泉，左一为副参谋长王锡方，左二为参谋长任明发

　　这一年，因报告在集团军反响强烈，我荣立二等功。政治部马以芝主任交待，连队派汪建华排长千里传书将喜报送到我的家乡义乌。

　　因为这次经历，我有幸认识了马以芝主任。后来虽然经历了不少曲折，但他始终如一关心着我。

　　有一次，已当政委的马以芝来到连队蹲点，叫人把桌子上加的菜撤下，并把我叫过去，对连长、指导员说："警卫连的伙食已经很好了，不需要也不应加菜。我是从农村吃糠、咽菜出来的穷孩子，什么样的饭菜都能吃。如果要搞特殊的话，连队可给我做碗玉米糊吃。"

　　"好的，我马上办！"首长的这点想法并不过分。我当天去市场买了20斤玉米，去驻地黄山龙碾成面粉，在晚餐时端上了连队所有人的桌子。

1991年秋天，马以芝夫妇与警卫连战士虞峻（左一）、李建新（右一）在师礼堂文化广场合影

这天下午，我刚从连队菜地回来，马政委就找我谈话。"小金，这些年你因为工作把找对象耽误了。虽然因此也受到过非议，但典型也是人，也要成家过日子，你当务之急还是解决好个人问题。给你这个权利，不论是老家的还是驻地徐州的，只要找好了，我都会来祝贺。"

1991 年 9 月的一天，我去马以芝政委家，想请他参加我的婚礼。当时，他正在吃饭，见我进去起身给我盛了一碗排骨汤，热情地说："小金，快尝尝政委的厨艺。"尽管我已吃过饭，但在首长的盛情之下，还是端起碗，心里美美地喝完汤。得知我的来意，他当即表示：我参加！

10 月 1 日，对我来说是个特殊的日子。这一天，我用自行车把新娘从徐州市区接回连队，连队战士赵建军放起早早准备好的鞭炮，而连队的排长赵良曙、陈国山当起了跑腿。在连队餐厅，马以芝政委送来自己题写的"比翼云翥"的牌匾，并发表了热情洋溢的讲话，他说："这是我第一次参加一个战士的婚礼。过去我说过不能让好兵吃亏，今天我还是说好兵不会吃亏。来，大家举杯，祝新郎新娘比翼双飞……"

让过硬的事实说话

对我的人生来说，1989 年是充满着喜悦和泪水的一年。这一年的国庆，我作为全军基层官兵的优秀代表，参加了中华人民共和国成立 40 周年的国庆观礼。这在我所在部队的历史上是少有的。

正当人们把聚焦的目光投向我时，不幸的事情发生了。集团军工作组来师整理材料时，我把自己的书信和日记一股脑递交上去。然而，事情并没有往好的方向发展。在日记与书信中，工作组看到了他们认为不可理解的东西，比如在我的日记上发现了从《解放军文艺》抄录的"一排二班三个人"的故事中一些有关男女爱情的描述；又比如，我与广州师范学校一名女生的通信中，有关正确对待人生观的讨论中一句"有了名利就有了一切"的话，令他们产生了对我做好事动机不纯的怀疑。总之，我被推到了风口浪尖二。

1991年，马以芝政委陪同原中国人民解放军总参谋长迟浩田上将视察部队

在我最艰难时，首先站出来的是连队党支部。在连队年终评功评奖时，连队一致为我报请三等功。连队党支部书记顾东郊指导员说："金正洪是我们连队多年培养出来的先进典型，他的工作怎么样我们在座的最清楚。如今，在他人生遇到重大考验时，我们这级党组织首先要给予肯定。"

因为有了连队报请的三等功，直属队党委也给予了肯定。在后来谈起此事，马以芝主任说："你们连队党支部不被已有的意见所左右，用事实说话，这很难得。为了更好、更准确地宣传金正洪的事迹，师里派出专门小组对金正洪的事迹做了全面调查和核实，还原了一个真正的金正洪。"

1994年5月，马以芝政委（左一）陪同全国拥军模范庄印芳（右二）到警卫连慰问，右一为警卫连副班长耿光来

不久，与我同年入伍的原连队司务长，后任二排排长的汪建华接替了连队指导员的位置。这天，他特意转达师政治部的意见。同年11月，军区确定基层图书工作现场会在坦克二师召开。马以芝政委指示："正洪图书室"作为一个基层文化建设的亮点，一定要准备好，让与会人员看到一个战士是怎样用心为连队做好事的。

我忘不了11月11日的下午，在军区政治部主任兰保景的带领下，全区部队政工线上的100多位将军、校官来到连队图书室。他们看到图书室墙壁上"新书介绍""导读台""要文推荐""作品评点"等专栏，不时夸赞：这个连队的司务长真不简单，在办好连队伙食同时，把食堂的精神文明建设也办得那么好。

"对，一个连队士兵，有一副热心肠，不管外界怎么议论，他都坚持学雷锋做好事，真不容易。"陪同的马以芝政委脸上挂满了笑容。

这个月底，《人民前线》报以《我拿图书奉献给你，我的战友》为题进行了报道；12月，《解放军报》分别以某部用士兵名字命名的《"正洪图书室"作用不寻常》《正洪书屋和她的主人》为题进行了报道；次年3月，《人民前线》报又以《"眼前掠过行行字，胸中泷却点点尘"——专业军士金正洪8年读书800册，成长为学雷锋先进典型》为题，在报眼位置进行了突出报道。

从此，时隔一年，笼罩在我头顶的阴云被热心的马以芝政委和战友们驱散，人生的路也更顺畅了。

1994年夏天，马以芝政委陪同原南京军区副政委王同琢参观警卫连伙房

　　1993 年 3 月，马以芝政委陪同军区首长来到连队，在参观连队食堂时把我介绍给军区首长说："警卫连的伙食是全师办得最好的，普通灶别的伙食标准能把伙食办得这么好实属不易。对这样实干的兵，只要有破格提拔干部的名额，第一人选就是金正洪。"而事实上，这年秋的预提干部培训名单中，我也被放在全师第一名。

　　1997 年 3 月的一天，大地逢春，阳光温和。在师部办公楼前，所有机关干部并列在小礼堂与自动化工作站间，与即将赴任安徽省军区政治部主任的马以芝道别。在我的印象中，除了荣升为军顾问的师长金正新，晋升为第三十一集团军参谋长的师长朱文泉和到集团军当政治部主任的政委陆凤彬外，马以芝是第四位晋升副军级的师首长。

　　在与马以芝政委握手的那一瞬间，眼泪不自觉在眼眶打转。有不舍，但更多的是感激。

2016 年春，马以芝政委（前排中）参加《爱在旅途》一书首发式

是的，我永远不会忘记在人生跌落低谷的时刻，他用自己的正直和父母一般的关爱，给了我道义的力量，鼓励着我向前行进，不至于摔倒再也爬不起来。1994 年 3 月 31 日，当《人民日报》《解放军报》和新华社以头版头条突出报道了我"做太阳的一缕光"的长篇通讯后，马以芝政委和高大来师长带着政治部秘书科长一同去我徐州市的岳父岳母家，感谢他们对我工作的支持，并把写有"奉献者之家"的牌匾挂在墙正中。"小金啊，鲜花、掌声终归是一时的，政委相信你在荣誉面前会保持头脑清醒，一如既往地做好事。"

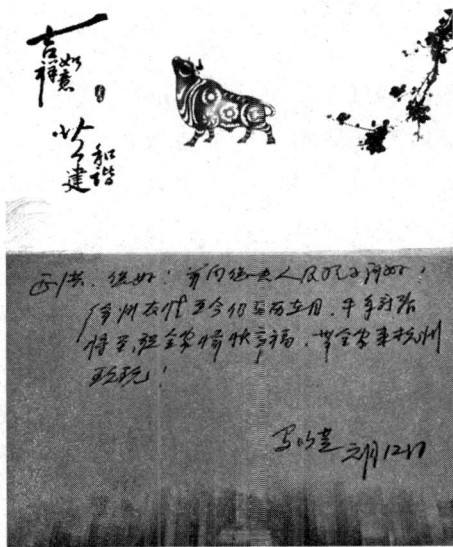

我永远不会忘记，当到达人生高峰时，他除了给予鼓励，还不忘告诫不要因为荣誉迷失了自己。

马以芝政委虽离开我成长的英雄部队，但其关心的音信从来没有中断过。在我办公室的抽屉里，至今还有不少他任安徽省军区政治部主任、浙江省军区政委时发来的贺年卡。

这不，在牛年的贺卡上，他写着：

正洪，您好！并向您夫人及孩子问好！

徐州友情至今仍历历在目，牛年新春将至，祝全家愉快幸福，带全家来杭州玩玩！

马以芝

元月 12 日

而下面这封信最让我感到首长那份不变的爱护。

小金你好，并向你夫人和儿子问好！

读了你的书稿，我们仿佛又回到 20 多年前的坦克二师，亲切啊！从 1964 年 8 月份入伍到 1997 年 3 月离开，我在坦克二师待了 34 年时间，对坦克二师的每一个人，每一棵树，每个训练场地都十分亲切。对你们的成长我非常高兴，这是一个师的荣誉。坦克二师这支全军最老的、英雄辈出的装甲机械化部队，继雷锋之后，又涌现了"一不怕苦、二不怕死"的共产主义战士——王杰。出现你金正洪这样的典型，也是必然的。

在《爱在旅途》的序言中，我讲到了你经受考验的一大段话，这种考验可不容易，那是直接对上级做出不合实际做法应持什么态度。对你的考验也是对领导的考验，作为一名战士你能经受得住这种打击和考验不容易。

被中央军委命名的周丽平和吴良珠的典型认定和宣传，也是对领导是否实事求是的严肃考验。领导要爱护战士、坚持原则、实事求是。小金，自己不但做了还能写成书使之贡献于社会，了不起。正能量的力量是无穷的。小金，你的成功有你夫人的一份功劳，在此向她致以问候！祝儿子健康成长！

"抗洪救灾模范" 周丽平

提起这个名字大家或许不太熟悉，但在坦克二师当过兵的人不会忘记，在该部队当过师政委的马以芝更不会忘记，在王杰烈士事迹陈列馆就有周丽平事迹的专门介绍。这位刚从军校毕业的见习排长，还未在军旅生涯中挥洒青春，从他毅然跳入水中的那刻起，其名字就注定与他所在的连队相互交融，难以割裂。一个名字将被永远铭记，英雄也就此产生。

那是 1991 年的夏天，皖、苏、浙三省突发百年一遇的洪水，江淮流域告急。我所在的部队已有 3000 多人投入到抗洪第一线。这天，正在师部值守的马以芝政委听说一个刚从军校毕业的见习排长在抗洪一线牺牲的消息，连夜从徐州师部赶往淮河颍上大堤。当时上级领导将此定性为事故。

时隔 29 年，周丽平生前所在部队又出现在九江抗洪一线

马以芝政委亲自找团、营、连干部战士，了解事情的经过，深感周丽平是在有组织地抢救搁浅救灾船时牺牲的，不应以事故定性处理。

"当时，周丽平同志刚来连队报到，一听说要抗洪，坚决请求和连队同去，拦都拦不住！"时任连长的祝继侠回忆道。1991年7月11日，周丽平从军校毕业刚到连队，一路舟车劳顿，行李都还没安顿好，驻地安徽颍上县突发洪水，连队受领任务参加抗洪抢险。周丽平听到消息后，坚决请求去执行任务。营连鉴于他刚到连队，还未休整，安排其留守。可是拗不过周丽平的再三请求，才勉强同意。谁知这一去，竟成了永别，周丽平永远倒在了他热爱的岗位上，倒在了他心中为之奋斗的事业上。

使命印证忠诚，奉献源于热爱。"在前往颍上县的路上，周排长为防止干粮颠碎，就抱着干粮一动不动，纵使身体僵硬却依然在坚持；大堤上，战士们喝的水难以入口，他自费买来明矾和白糖，为战士们改善水质和口味；每次入水执行任务，他都身先士卒，抢在前面……"连队指导员朱保辉翻着《周丽平》故事集缓缓叙述着。从报到到牺牲，短短8天，就发生了那么多感人的事，每当读到这些，总会让战士们钦佩不已。英雄的伟大从不只体现于轰轰烈烈的那一瞬间，而是在平凡生活中点滴流露。

已经连续奋战7昼夜的周丽平在得知营救搁浅民船的任务时，再一次站在了营救队伍中。时任连长祝继侠看到后，怕他体力不支，劝他留下休息。"在人民危急的时刻，我作为一名军人怎能袖手旁观！"他还是毅然决然下了水。风骤雨急，洪水滚滚，汹涌的波涛裹挟着他若隐若现。突然一个巨大的漩涡袭来，他的身影被瞬间淹没，终究再也没有出现。周丽平因体力不支被扯进了波涛漩涡中，献出了年仅23岁的宝贵生命。就这样，周丽平，一个本该享受大好青春的年轻军人，一个本该拥有光辉前程的青年军官，将忠诚举过头顶，将人民装在心间，为救搁浅民船，面对滚滚洪流，毅然跳入波涛汹涌的江水，不幸被洪水吞没，将年轻美好的生命永远定格在了 23 岁。

人民的事永远是最大的事，这是绝对忠诚，更是无限热爱。周丽平用生命进行了光辉的诠释。

周丽平牺牲后，南京军区某部党委批准认定他为革命烈士，追认他为中共党员，被军委授予"抗洪抢险模范"称号。丽平生前所在部队党委、南京军区党委、总参谋部党委、中共浙江省委、省人民政府、浙江省军区、中共丽水地委、地区行政公署、丽水军分区分别做

周丽平烈士遗照

出向周丽平学习的决定。8 月 2 日，中央军委秘书长、总政治部主任杨白冰等领导在北京慰问丽平母亲朱美娟，要求全军广大官兵向抗洪英雄周丽平学习。10 月，中央军委命令，授予周丽平"抗洪救灾模范"称号。1992 年 1 月 19 日，中共中央总书记、中央军委主席江泽民视察周丽平生前所在部队时题词："学习周丽平，献身为人民。"

英雄烈士早已作古，但血脉基因仍将延续，这个连队从此有了新的名字——周丽平连。他们秉记连魂，紧握钢枪，始终保持

着对党和人民的无限忠诚与热爱，随时准备付出一切，不断用自己的强军实践谱写着连队壮丽的篇章。

丽水学生瞻仰周丽平烈士塑像

抗洪"钢铁战士"吴良珠

在安庆市莲湖公园湖畔，矗立着"抗洪钢铁战士"吴良珠的半身铜像，他的目光深情地投向不远处的皖江。

吴良珠，生前系安徽省军区安庆军分区驾驶员。1998年，他随部队抗击特大洪水，从投入抗洪抢险到病倒住院的50多天里，吴良珠用生命的全部力量，模范践行了党赋予的光荣使命，恪守了一名军人的神圣职责。他始终以生命不息、战斗不止的钢铁意志，每天带病出车都在10多个小时以上，有时甚至通宵达旦。

马以芝政委讲：那是1998年抗击长江特大洪水时，我任安徽省军区政治部主任，带领机关同志在几百公里安徽段长江大堤上做宣传教育和政治思想工作，发现安庆军分区士官吴良珠同志的事迹，立即报告省军区主官。连夜组织人员赶赴安庆，采访吴良珠的事迹。当时也有分区领导说没什么好宣传的。我们排除干扰，实事求是，连续工作三个通宵，了解吴良珠同志患肝癌晚期，在大堤上坚持抗洪30多个日夜的事迹。在采访中，我们被这名战士的精神震撼了，他具有钢铁般的意志！为吴良珠做手术的是全国最著名的肝胆专家吴孟超院士，他说："抗洪第一线这么艰苦，一个战士身患肝癌晚期，能坚持这么长时间是个奇迹。"我们就以"钢铁战士"为主题报道了他的事迹。当时是抗洪最艰难的时期，人员极度疲惫，但长江大水仍不见明显退去，吴良珠事迹的宣传极大地鼓舞了军民战胜洪水的斗志。军委领导高度重视，仅十几天后，军委就授予了他"抗洪钢铁战士"的荣誉称号。

吴良珠烈士塑像

新华社记者贾启龙的文章这样写道：1998年夏，长江流域遭遇了百年不遇的特大洪水，皖江抗洪形势严峻。6月，吴良珠参加紧张的防汛工作，开汽车、垒堰堤、堵渗漏、背沙袋……由于过度劳累，他昏倒在大堤上。8月中旬，腹部连续剧痛的吴良珠被紧急送往医院治疗。当医院为吴良珠实施腹部手术时，发现他患上了晚期肝癌，癌细胞已扩散。

后来，虽经各级全力抢救，与病魔斗争 70 天的吴良珠最终病逝，时年 26 岁。他抱病参加抗洪抢险的事迹，很快传遍大江南北。广大军民以吴良珠为学习楷模，他的事迹被争相传颂，广泛掀起了向英雄学习的热潮。

共青团安徽省委授予他"安徽省优秀青年"称号，原南京军区党委作出开展"向吴良珠学习"活动的决定，中央军委授予他"抗洪钢铁战士"荣誉称号。

如同历史上诸多英模人物一样，吴良珠虽然生命短暂，却名垂青史：他拖着病体，在抗洪抢险第一线战斗了近两个月时间。在家乡遭受严重水灾、父母年迈体弱无人照顾的情况下，他 4 次过家门而不入，日夜坚守在抗洪大堤上。即便多次昏倒在大堤上，他始终以钢铁般的意志和毅力坚持抗洪，不曾后退半步，这种视死如归的精神，彰显了一名军人对党、国家和人民的满腔赤诚。

附：

马以芝政委为《爱在旅途》写的序言

《爱在旅途》是本弘扬正能量的书，很厚重，值得一读。著书人金正洪原是坦克二师一名普通的战士、干部，后转业到地方工作。这本书真实地记录了他成长的人生足迹。书中感人肺腑的故事，净化人们的心灵，陶冶人们的情操，读来令人无不为之感动。从金正洪的成长中我们可以清晰地看到，改革开放的春风沐浴了新一代青年，部队的光荣传统滋润了新一代官兵，金正洪的根就是深植于改革开放时代部队的这片沃土之中。

金正洪的成长不是一帆风顺的，遇到了许多困难和挫折，但他能正确面对，越磨砺越成熟。起初宣传他的事迹，就有人写匿名信说他做好事"是为了个人争荣誉，动机不纯"。听到这些风言风语，金正洪同志不改初衷，一如既往，好事做得更多更好。更为严重的是，上级准备宣传这个典型，军政治部组织人员进驻坦克二师，了解他的事迹，发现他的日记中摘抄有"不健康"内容的文章，竟突然把人员撤走，不做宣传了。面对这种情况，金正洪怎么对待？领导怎么办？

金正洪同志如实向组织汇报思想，经受住了这种沉重的打击和挫折，更坚定了爱在旅途的脚步。领导怎么办？我任坦克二师政委和安徽省军区政治部主任，领导组织宣传过三个在全军全国有重大影响的典型：金正洪、周丽平、吴良珠，都遇到过一些情况。我深切地感到，作为部队领导，特别是政工领导，一定要有坚持实事求是的勇气，刚正无私，勇于负责，敢于担当，正确决策，不管在什么情况下都要说真话。军政治部了解金正洪事迹的人突然撤走之后，师里决定：要对一名战士负责，对典型负责。师里组织三个小组对金正洪的全面情况和在部队、地方做的好事一一进行核实了解。经过细致调查了解，还原了一个活生生、过得硬、有鲜明时代特色的先进典型的面貌。

写这篇序言，从宣传金正洪这件事，使我联想到1993年7月，坦克二师在执行淮河抗洪中牺牲的周丽平同志的宣传也遇到过很难的情况。周丽平在抗洪一线牺牲，我即刻从徐州师部连夜赶往淮河颍上大堤。上级有的领导将此事定性为事故，为弄清情况，我亲自找团、营、连干部战士了解事情的经过，深感周丽平是在有组织地抢救搁浅救灾船时牺牲的，不应以事故定性处理。我找到上级领导，坦诚地陈述自己的意见，并讲："对水情了解不够，领导有责任处分领导，但不能埋没周丽平在抗洪执行任务中牺牲的事实，不能对牺牲的同志定错性。"师党委作出决定，向周丽平同志学习，并报请上级给予奖励。周丽平的事迹得以广泛宣传，并被军委授予"抗洪救灾模范"荣誉称号。

1998 年抗击长江特大洪水时，我任安徽省军区政治部主任，带领机关同志在几百公里安徽段长江大堤上做宣传教育和政治思想工作，发现安庆军分区士官吴良珠同志的事迹，立即报告省军区主官。领导连夜组织人员赶赴安庆，采访了解吴良珠的事迹。当时也有分区领导说，"他没在大堤上扛沙包，堵决口，有什么好宣传的。"我们排除干扰，实事求是，连续三个通宵了解吴良珠同志患肝癌晚期，在大堤上坚持抗洪 30 多个日日夜夜的事迹。在采访中，我们被这名战士的精神震撼了，他具有钢铁般的意志！参加抢救吴良珠、为他做手术的全国最著名的肝胆专家吴孟超院士说："抗洪第一线这么艰苦，一个战士身患肝癌晚期，能坚持这么长时间是个奇迹。"我们就以"钢铁战士"为主题报道了他的事迹。当时是抗洪最艰难的时期，人员极度疲惫，但长江大水仍不见明显退去，吴良珠事迹的宣传极大地鼓舞了军民战胜洪水的斗志。军委领导高度重视，仅十几天后，军委就授予了他"抗洪钢铁战士"的荣誉称号。

三个典型的宣传使我深刻感到，人民群众、基层官兵是创造历史的主人。领导要有敏锐的洞察力，善于发现蕴藏在广大基层官兵中的积极性、创造性，善于发现培养典型，宣传保护典型，弘扬正能量，使部队永远保持正确的方向，充满生机活力。

以此为序，祝贺《爱在旅途》出版发行。

马以芝　2016 年 3 月 29 日

（马以芝：原坦克二师政委，曾任中共浙江省委常委、省军区政委）

千里驰援忙　诚结抗疫情

2020 年的春天无疑是华夏大地一个不平凡的季节。

2020 年 2 月 24 日，朱跃琪、金正洪、龚小中、楼关海、龚辉东、王文军在商翔集团装发爱心物资

　　年前，突然袭来的新冠肺炎疫情牵动着全国人民的心，也牵动着"义乌市正洪爱心公益协会"（原"警卫连善爱团队"）战（善）友们的心。他们以善为圆心，把爱洒向四面八方。

　　由退伍老兵及社会爱心人士组织起来的"义乌市正洪公益爱心协会"，在走过的 36 个春秋中，开展爱心接力，先后服务帮助了近百万群众，在江苏东海、湖北来凤、云南腾冲等地结对优秀贫困学子，让近千人插上了腾飞的翅膀。

　　这次疫情发生后，"义乌市正洪爱心公益协会"又书写了一个个抗击新冠疫情的爱心故事。

2020 年 2 月 26 日，捐赠的抗击疫情医用爱心物资到达湖北省来凤县中心医院，图为医院职工在御车

　　2020 年 2 月 5 日，农历正月初九，按往年应是大家红红火火过大年的时间。然而，因为疫情人人禁足，正月热闹的气氛瞬间消失。这天，我宅在家里，正思量着该为抗击疫情做点什么时，高中同学王健芳转来了 9000 元钱。她说："我很想为奋战在抗击疫情一线的英雄们做点事，但是我不知怎么做，这些钱是我的一份心意，请用于最需要的地方。"

　　王健芳，这位令人敬佩的社会爱心人士，曾多次为义乌市雷锋小学共捐赠价值 20000 多元的书籍，还为来义乌参加爱心结对活动的湖北恩施优秀贫困学生提供来回路费。2020 年 3 月，她又结对捐助云南阿昌族贫困学子。

　　我收到 9000 元爱心款后，就拨通了"义乌市正洪爱心公益协会"副会长陈全学的电话，与他就抗疫情况进行了交谈。陈全学激动地说："我正想问这个事，我们还是组织一次捐赠吧。"

　　"好的，我联系下湖北那边。"

　　我们从原警卫连老班长彭伦祥处得知，他所在的来凤县中心医院急需抗击疫情的医疗物资。于是，我们向协会全体成员发出了倡议：

亲爱的善友：

　　发生在武汉的新冠肺炎疫情牵动着全国人民的心。病毒无情，人间有爱！奋战在一线的医护人员用大无畏的勇气甚至生命阻隔着病毒的蔓延。广大人民群众响应党中央号召，积极投入到这场没有硝烟的战斗中。我们相信，通过大家的共同努力，一定能打赢这场抗击疫情的战争。

　　最近，有许多善友提出要为抗击新冠肺炎疫情出份力，这是我们团队传递爱心的优良传统。据了解，湖北省恩施州来凤县中心医院急需一些用于抗击新冠病毒的医疗物资，敬请大家伸出善爱之手！

　　联系人：陈全学　　138＊＊＊＊3032

　　　　　　魏若耿　　153＊＊＊＊0507

　　　　　　吴　滨　　135＊＊＊＊7745

　　捐赠登记：黄昌东　　139＊＊＊＊8611

物资采购：王文军　　158＊＊＊＊8888

义乌市正洪爱心公益协会

2020 年 2 月 5 日

　　倡议书发出不到一个小时，就收到了 3 万多元善款。其中协会会长龚小忠、副会长陈全学各捐了 5000 元。

　　协会副会长楼关海是位热心肠的人，在武汉疫情发生后，就想尽一份心意。当协会发起爱心捐赠后，他及时送来了早已准备好的 1 万元红包，并说："只要协会有需要，我随叫随到。"

爱心直通车到达湖北的当天，原警卫连老班长彭伦祥步行 10 多里赶到现场

　　而刚解除隔离的福建福清的退伍老兵魏若耿主动承担起爱心接力。在自己捐了 2000 元的当天，其妻罗东香又捐款 1000 元。

他说："在我居家隔离的 10 多天里，既提心吊胆，又感到生命的不易。如今我没事了，应多为抗击疫情做点事。"原来，他从福建三明回到老家过年时，有一天参加了从武汉经商回老家的堂哥宴请，结果所有参加宴请的亲友都被政府采取了隔离措施。而他看到协会发出倡议书的这天，正好是刚满 14 天解除隔离的日子。

短短三天时间里，已有 100 多人捐了款。这里面的每一个数字都是退伍老兵们的一份心意。在上海打工的原警卫连退伍老兵郭维发节衣省食捐了款，连大病重生的河南尉氏退伍老兵徐卫贞与妻子黄小寸也参加了捐款。他们本来家境不宽裕，却义无反顾地加入善爱行列，这着实令人感动和敬佩！

安徽省马鞍山市的顾开宝，也是原警卫连的退伍老兵，现于武汉市创业经商。他多年来一直以雷锋为榜样，做善事，献爱心，不仅这次积极参加抗疫捐款，而且一从武汉回到老家，就主动配合村委会居家隔离。此后，他还给所在村党总支写了一封热情洋溢的感谢信，他在感谢信中这样写道：

尊敬的南广村党总支：

我是 21 日从武汉返乡的顾开宝。原备了许多武汉的土特产，打算年前走亲访友用的。可回家的第二天，见武汉的疫情越来越严重，为防止蔓延，我跟爱人吴玉芳决定，非常时期这些东西就不要往外送了，亲友明天也不用来家聚了。当我拿起电话给亲朋好友劝导暂不来往时，他们都给予了理解。

在这非常时期，没想到我作为一个常年漂泊在外的游子，一回到老家就给家乡人民带来了诸多的不便并造成了恐慌。对此，我感到十分不安，并表示深深的歉意！

都说病毒无情，但我们却深刻体会到人间有爱！在我们隔离的这些日子，村民们不嫌弃、不抛弃，并给予我们亲切的关怀，村里还安排专人帮助我家里处理生活垃圾。你们不仅从生活上给予帮助和照顾，还在心理上给予指导，让我们感受到了家乡的温暖。

今天是我最阳光的一天。在这十四天的隔离期间，我深怕自己和家人有什么不测再给村民徒增麻烦。好在有你们的关照，一切已云开雾散。谢谢了！

在疫情面前，我不是懦夫，我有理智和勇气战胜困难。作为一名共产党员、退伍军人，我愿意竭尽全力投入到抗击新冠病毒的战斗中，为确保美丽家乡人民的安康贡献力量！

顾开宝的感谢信在他老家一时传为佳话。

善友们纷纷加入，使抗疫捐款的队伍不断扩大。义乌市雷锋馆副馆长、卓雅教育董事长张晓荣在爱心捐款接龙中郑重写下50000元，他说："抗击疫情责无旁贷，我们雷锋馆爱心捐赠不缺席。"

义乌市正洪爱心公益协会在浙大四院慰问到武汉一线抗击疫情的医护人员

短短的 10 多天，正洪爱心公益协会就有 160 多人参加了捐款，共收到善款 15.26 万元。其中副会长陈全学的 6 位战友也参加了捐款，如杭州的退伍老兵潘文飞刚在单位捐过 2000 元后，一听说"警卫连善爱团队"进行抗击疫情的爱心捐赠，就又捐了 600 元爱心红包。善爱，如一粒天然的良种，不论播撒在什么地方，都会生根发芽，开花结果。福建的林雅平看见魏若耿在朋友圈讲为湖北捐赠的事，特意让其送来 300 元，她说："我捐的也不多，只是小小的心意，出一份微薄之力而已。"

为了把善友们的浓浓善意尽快送到湖北省来凤县中心医院，我再次拨打了浙江商翔集团董事长王文军的电话。他曾在警卫连当过兵，退伍后与妻子一路摸爬滚打创立了以外贸为主的浙江商翔集团。最近，他在忙碌的工作之余，还要挤出时间为一些外贸单位赠送一次性医用口罩和医用 84 喷雾消毒液等抗疫物资。一接到我的电话，他就哈哈地笑道："有何吩咐?"

"你要想办法把这次爱心捐赠行动，尽快落实好!"我急切地说道。

"一次性医用口罩我已从越南进了几万个，手头上还有一些医用物资，你看送哪些?"

"这样吧，你跟湖北省来凤县中心医院联系，看他们需要什么?"

"好的，我马上联系。"

当确定医院所需的抗击疫情物资后，怎么送达却又成了难题。由于对湖北疫区管控十分严格，很多货车司机也谈"鄂"色变。后来，王文军经多方联系，才办好了特别通行证。

2 月 24 日上午，"正洪爱心公益协会"龚小忠会长、楼关海副会长、朱跃琪理事一早来到商翔集团，协会监事长龚辉东尽管家中一大堆事，还是赶过来装车。当他们将一桶桶医用酒精和一箱箱医用"84"喷雾消毒液搬上车时，个个满头大汗。王文军给大家搬来一箱水，关心地说："累了，大家休息一会吧。"

在装车现场，楼关海取出一面印有"向雷锋学习"的红旗，对我说："金主任，这面旗子随物资送给来凤中心医院吧。"

"好啊。远在千里之外的老班长见证雷锋精神传递！"

这天下午，一辆满载 8 吨医用酒精，3800 瓶医用"84"喷雾液和部分一次性医用口罩的爱心卡车从商翔集团门口出发，一路畅通直奔湖北省恩施土家族苗族自治州来凤县中心医院。

2 月 26 日一早，"义乌市正洪爱心公益协会"捐赠的 15 万元抗疫医疗物资抵达湖北省来凤县中心医院。原警卫连退伍老班长彭伦祥闻讯后随即赶到该医院，并与医务人员一起卸货。他还和运货司机孙师傅夫妇与该医院有关领导及部分医务人员一同合影，在那面印有雷锋头像及"为人民服务"字样的鲜艳红旗辉映下，共同见证了"义乌市正洪爱心公益协会"援助来凤人民抗击疫情的善爱行动。在接受当地电视台采访时，彭班长动情地说："义乌是一座充满善爱的城市，恩施山区的来凤人民一定不会忘记爱心公益协会传送的善爱和真情。"

彭伦祥班长在抗疫日记中这样写道：

2 月 26 日清晨，我接到县中心医院向科长的电话。他说"义乌市正洪爱心公益协会"为中心医院捐赠的抗疫物资上午 9 点钟就要运到。我交待好家人陪护瘫痪在床多天的年近九旬老母亲的相关事宜后，便骑着轻便摩托车去村委会办理外出通行证。

本来昨天下午我就去了一趟村委会，他们却说当天只能办当天的通行证，算是白跑了一趟。

　　这会儿，我在村委会门口已站了近半个小时。待办事人员一开门，我就急着要求办通行证。办事员说："外出严禁骑车！要么步行，要么等公交车。"

　　我的天！步行去县医院要走2个多小时，等公交车也不知要等多长时间（行人极少）。

　　在我耐心解释下，通行证总算给办了。不过，办事员却甩给我一句话："骑车真的不行。不信，你试试！"

　　路上的确没车行驶，也几乎见不到行人。我一连经过两个村卡执勤点，又是登记，又是测体温，又是被劝说不能骑车进城……

　　软说硬磨，总算能骑车进城了。只见公路及街道两旁的住户和商铺都是关门闭户，俨然变成了无人区。当我行驶到一半路程时，县医院向科长又来电话说，他已亲自到来凤高速公路出口处接车了，并说运货车已下高速路口，一会儿就到医院。这位向科长工作速效又热心。为了这次捐赠，他不停与多方联系和协调，仅为运送捐赠物资的货车通行证就跑了不少路。他还多次表示，感谢"义乌市正洪爱心公益协会"解了医院的燃眉之急。

　　听罢电话，我立马加速行驶。不料，在县政府路口时却被几位交管人员拦下。他们有的要通行证，有的查车，有的登记，有的量体温……可无论我怎么解释，就是不让我骑车去县医院，还说我的车是三无车，并填写了扣车处置单递给我签字。

　　非常时期，我也不愿与交管人员多说，就服从了他们的决定。我想，等运输捐赠物资的车和向科长到了再跟交管人员解释。

　　不一会儿，县医院向科长和车头贴着"义乌市正洪爱心公益协会捐赠"运货车来到了路口，这就证实了我说的一切。向科长也把我的情况对交管人员作了进一步的解释。县公安局的一位肩扛两杠三星的领导对我说："你们这是为来凤人民做好事，可以特事特办。不过，非常时期也请你们理解。车不扣了，你什么时候来骑都行。"

一番周折，终于如释重负。

向科长早已通知医院领导和相关人员。当我们人、车到达县中心医院新区时，该医院领导及相关科室负责人已在门诊大楼前等候了。电视台的记者也架好了摄像机。一阵相互问候后，大家各自忙开了：摄像的摄像，卸货的卸货，分物资的分物资……一位医院领导对我说，你们军人出身的就是不一样！你们的善友这么重感情，为来凤人民捐物送爱，真是了不起！感谢"义乌市正洪爱心公益协会"为我们雪中送炭！

县中心医院的宣传部门领导也协助电视台记者向我详细询问了这次捐赠的前因后果。的确，在这次捐赠中，金正洪、龚小忠、王文军、陈全学、魏若耿、黄昌东等战友既带头捐款又操心费力，协会群里的战（善）友们也都纷纷慷慨解囊。那里面的一笔笔捐款，不是简单的数字记载，而是一个个闪亮的人间真、善、美和一颗颗炽热的仁爱之心的聚合！我告诉他们，"义乌市正洪爱心公益协会"的善友们在短短几天时间内就募捐、采购了15多万元的医疗物资，并及时从几千里之外的义乌日夜兼程，用两天两夜的时间送到来凤。他们听罢都情不自禁地伸出了大拇指！记者还采访了冒着健康风险运货的孙师傅，孙师傅说这一路两天两夜的行程，渴了只能喝冷饮，饿了只能啃方便面，困了只能小憩驾驶室。我们吃这一点苦，也是为了献一份爱心！来凤电视台记者也动情地表示："义乌市正洪爱心公益协会"的爱心人士们千里捐赠的事迹太感动人了，我们要制作成电视节目，让全县人民记住他们。

大家在医院新区卸了一部分捐赠物资后，又把另一部分物资送往医院老区。在这里，后勤工作人员听说从浙江省义乌市运送来这么多抗疫物资时，都连连称赞。

由于疫情所致，这里的工作人员一直都是在临时简陋的厨房旁边一个大厅里站着吃饭。然而，后勤科负责人王珍红和另一位主要领导考虑到运送捐赠物资的司机朋友既是远方来的贵客，更是善爱的运送者，一路千辛万苦，他们不仅亲自特意安排了招待饭菜，还亲自搬来桌凳让我陪着司机夫妇坐着吃饭，这也体现出了来凤县中心医院在当时条件下的特殊感激之情吧。

近几年来，"义乌市正洪爱心公益协会"（原警卫连善爱团队）一次又一次地为恩施大山之中的来凤人民奉献爱心，不仅与学子结对捐资助学，还为沙坨学校及师生赠送了大量图书和学习用品。这次，又在疫情灾难中为我们来凤中心医院送来紧缺的抗疫物资，真是物贵情更浓！

亲爱的战（善）友们：你们送来的不只是一车抗击新冠疫情的医疗物资，更是美丽商城的义乌人民对恩施少数民族地区的特殊关心和善爱。千言万语难表谢意，那就请恩施的青山注目，邀来凤的江水歌唱，让来凤的三十四万人民作证吧！

学雷锋　我快乐

　　2020 年阳春三月，商城大地已是绿色葱郁。初春的疫情给这座小城带来些许阴霾，但经过风雨洗礼，商城义乌就如雨后彩虹般更加美丽多彩。这天早晨，我接到义乌爱心人士楼关海的电话："金主任，我已经在市府大院了。"当时，我正在银行办理开通网银转账业务，听说他已到，便急忙赶了回来。

2019 年夏，金正洪（右一）与义乌爱心人士楼关海夫妇合影

　　"你好！"今天的楼关海老师戴着一顶蓝色鸭舌帽，手提一个

黑色老板包，显得格外成熟稳重。

"这是我为东海县李埝林场小学'正洪书屋'捐赠的善款，去年年前就准备了，正好疫情不紧了，我就送来了。"楼关海老师说着，从黑色老板包里取出两扎崭新的百元大钞。

"太感谢您了！"2019 年，交往多年的东海县城市规划馆馆长邵光明，以一组反映我们几十年助学的照片在连云港举办的祖国七十华诞摄影比赛中夺得特等奖，这组照片也在中宣部学习强国江苏学习平台上发表。在分享这一喜悦时，邵光明表示有把这组照片放入"正洪书屋"永久保留的意愿。"警卫连善爱团队"楼关海老师得知这一情况，马上给我发来短信："金主任，装修'正洪书屋'的费用尔安排好，我来出。"

"楼老师，太让尔破费了。"

"可别这么说，跟你们一起学雷锋我快乐。这点钱，算不了什么。往后用得着的听你安排。"

"学雷锋我快乐。"这看似简单的一句话，却包含着多么深的情感啊！据我所知，这是楼关海老师 2020 年第四次捐赠善款了。这真的不简单！

这些年来，楼关海老师先后参加了助学帮困、出资赞助出版《雷锋照片的故事》、为义乌市雷锋小学捐赠雷锋铜像、捐款北京学雷锋公益协会资助百名贫困学生等爱心活动，共花费人民币 60 多万元，他用实际行动践行着"学雷锋我快乐"的人生目标。

一个陌生的电话

2016 年的夏天，我接到一个陌生的电话："金主任，快救救我！"电话里的声音急促嘶哑，着实吓了我一跳。

"什么事？不要急，你慢慢说。"我温和劝慰。

"有人来敲我家的房子了，我老婆在房子上不肯下来。"

"你哪个村的？我帮你问下。"

"立碑塘村的楼关海。"

"好的，你不要急，我马上问。"

放下电话，我立即给苏溪镇党委副书记王钟去电话。一听说此事，王书记热情地说："楼关海这人我认识，2008年汶川大地震时他来捐过款，是个好人。不过立碑塘村不属于苏溪镇，是福田街道。"

"好的，等会再聊。"我立即给福田街道党政办主任王建华去电话，了解情况。王建华主任也是个热心肠的人，因为《爱在旅途》《爱在义乌》两本书，我们彼此相熟。没过几分钟，他就回复："立碑塘村的楼关海家被拆的是违章建筑，不过，我跟工作片说了注意方式。"

当我再次给楼关海打电话说这一件事时，他的心情已平复多了。"金主任，谢谢你了！其实，虽然我家院墙不妨碍别人，但也的确没有办过手续。我气的是为何自家的一堵墙要拆掉，而人家建在农田的房子却无人过问呢？"

"因为人家没人去举报，而你的被人举报了。不过，院墙没有了不影响你的房子住人吧。"

"金主任，提起这种事就伤心，算了，别去管它。我知道你是一个好人，下次学雷锋做好事别忘了带上我。"

"好的。你也心放宽一些，好人会有好报的。"

"我会的。"

不一会，王钟副书记又来电话谈起楼关海，他竖起大拇指称他是个好人。

　　2008 年 7 月，时任卫生局办公室主任的王钟接待了一位特殊的客人："你有什么事吗?"

　　"我从广播电视上看到，四川汶川发生了特大地震，我心里很难受。虽我没去参加抗震救灾，但我要尽一份心意。这 5 万元请捐给灾区。"

2018 年 8 月，义乌市人民政府副市长骆小俊（中）为楼关海夫妇（右一、二）颁奖

　　当时，5 万元并不是一个小数目，相当于当地公务员一年的工资。而那时红十字会已分离卫生局，但公章与票据还在办公室。

　　"你把钱捐给红十字会吧。"

　　"不! 我就捐在这。红十字会我以后还会捐的。"

　　"那么请你把名字留下来。"

　　"不用，请你们转交给汶川灾区。"来人说完便转身离去。

　　"这可怎么办?"王钟还是第一次碰到捐赠不留名的情况。他把 5 万元捐款通过义乌市红十字会转交给汶川灾区，并开了一张义乌好人的收据放在办公室。后来，几经周折，终于打听到，为汶川灾区捐赠 5 万元的人为稠城街道立碑塘村的楼关海。此人在家办家庭企业，通过为义乌国际商贸城加工，挣了一些钱，并且经常学雷锋做好事，从未缺席过各个行业协会组织的捐款。

听了王钟的介绍，我对楼关海老师也肃然起敬，我相信在学雷锋路上又多了一位携手者。

为了明天的希望

那天早上，我们一行如约来到义南的一所小学，开展与义乌市倍磊小学宋颖的爱心结对活动。这里离义亭镇缸窑村不远，地处义乌市西南，距义亭 5 公里，南端杭畴中心村落，背负黄东山，面临浙江省农业示范园区，村中高卧古老陶器龙窑。站在窑顶极目远眺，南山作屏，村村相连，农村景色如画，虽无名胜，但有宋朝以来历经千年的陶器生产，雕刻精细、严谨大方的十八间堪称绝迹。

2019 年 5 月 27 日，楼关海（左二）在倍磊小学爱心助学时合影

　　"金主任，这是我给你说过的义乌爱心人士楼关海夫妇。"

　　听完义乌雷锋馆馆长何青英介绍，我紧紧握住对方的手，激动地说："谢谢了!"

　　"不用客气，都是学雷锋。我与太太商量了，资助这个女孩到大学毕业。"

　　"有你的参与我就放心了。"

　　我长舒了一口气，终于完成了义乌校园作家骆斌老师的爱心传递。

2017年5月26日，楼关海夫妇与结对学生宋颖

　　虽然宋颖的母亲得了绝症，但宋颖无疑是幸运的。"妈妈可不可以等我长大"这一句话，感动了许多社会上的人。爱心结对活动应该很圆满，义乌爱心企业家楼关海夫妇承诺：资助宋颖小学每年2000元、初中每年2500元、高中每年3000元、大学每年10000元的生活费。而义乌市台联会表示，一定让宋颖快乐成长。

　　在学校叶校长陪同下，我们参观了学校"蓓蕾绽放园学农实践基地"。据叶校长介绍，2014 年 10 月，学校校内"蓓蕾绽放园学农实践基地"正式开放。现在，该校学农实践基地已经有 1300 多平方米的种植面积，其中包括一个种植大棚，被戏称为"土豪学校"。

"学农实践系列"分年段分层次地开发了系列课程项目，该校的拓展性活动由原来粗放的实践活动逐步向具有教育意义的课程活动转化。学农实践系列课程以"健康成长、快乐生活、全面发展"为根本指导思想，践行"种植阳光，绽放蓓蕾"理念精髓，打造综合实践活动特色学校，切实推进该校拓展性活动的常态化、系列化、特色化发展。看到菜地里长满了各色各样的蔬菜，有芹菜、西红柿、豆角、黄瓜等，特别是架子上下垂的一根根黄瓜充满着朝气与活力，也让人感到垂涎欲滴。但愿宋颖和菜地里的青菜一样，快乐茁壮成长吧！

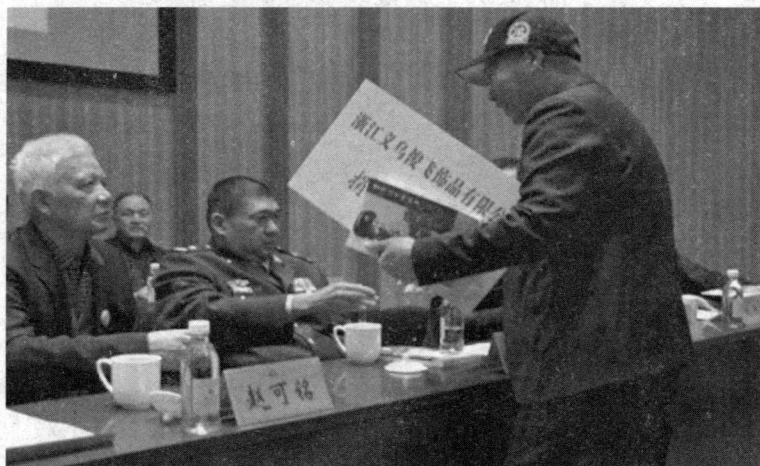

2017 年 5 月 14 日，毛泽东孙子毛新宇少将为楼关海颁奖

在帮助宋颖的同时，楼关海老师还资助了 100 多名贫困学

生。2016 年秋天，楼关海老师在北京参加学雷锋两会时，听说因为长年缺水，宁夏固原地区不少家庭生活困难，有的学生早上不吃早饭便赶到学校，到中午饿得受不了，营养不良的同时也影响学习。楼关海老师当即决定，向全国学雷锋协会陈汉斌汇出 10 万元。

2016 年夏天，对义乌的陈晓婷来说，是个十分难忘的日子。陈晓婷母亲很早就去世了，家里生活艰苦，虽然她以优异的成绩考上了浙江师范大学，却因生活费用问题犯愁。上大学是改变人生命运的重要途径，可家中父亲有病，家庭条件不允许；但如果不上，虽可以打工补贴家用，为父亲分忧，却要放弃自己为之奋斗多年的目标。正在其为难时，楼关海来到了她的家里，送来了 6000 元钱。"闺女，这种机会难得，不要因为家庭困难而放弃。你安心去上学吧，生活上有什么困难你跟叔叔说，我会尽力帮助的。"4 年来，楼关海每月为陈晓婷转账 600 元，有时 1000 元，从没有间断过。2017 年春天，多天没有接到陈晓婷电话的楼关海得知其用的手机坏了，就赶到城区通信市场购买了一部智能手机送到学校。

2019 年春节，放假回家的陈晓婷向楼关海透露了人生规划，想大学毕业后考研。楼关海鼓励她："年轻人要有自己的志向，我支持你再上学深造。如果生活遇到困难你说一声，叔叔一定会帮忙的。"

在帮助陈晓婷期间，楼关海老师还每年资助西安大学的叶凯琳 6000 元生活费，直至其大学毕业。

为雷锋塑像安家

楼关海老师有一个心愿：在商城义乌的某个地方塑一座雷锋

铜像。为此他找了不少地方，但都未能如愿。一次偶然的机会，他听说前店小学要建雷锋广场，这让他激动了一阵子。前店小学是一所乡村小学，因地理环境特殊，紧连义乌国际商贸城，有不少在义乌经商的外地人子女在这所学校就读。因这所学校建立了"一缕光学雷锋事迹展览室"，有 20 多所中小学在这里挂牌建立德育教育基地，近 20 年来去学校参观者近 20 万人次。其中原雷锋战友乔安山、"金华市环保老人"曹荣安、"宿迁好人"卞苏强等都来过这所学校。因长期以雷锋精神引导青少年成长，该校被全国学雷锋协会授予"雷锋小学"称号。

这天，雷锋小学迎来一位特殊的客人，他就是义乌爱心人士楼关海老师。

"楼老师，欢迎您来学校做客。"学校朱碧慧校长曾是城区宾王小学教导主任，是义乌市教育新秀，在这所学校任职时间并不长，但她注重利用学校学雷锋资源，把学生德育教育进行拓展。在当年暑假，她还专门去抚顺雷锋馆取经，并设想在学校建立雷锋广场。正当她在为建立雷锋广场上的铜像资金发愁时，没想到楼关海找上门来了。

"听说学校要建雷锋铜像？"

"是的。"

"好啊！我早想在义乌捐建一尊雷锋铜像了。为此我去过建设局园林管理处，也去宣传部打探过，可一直没有了却心愿。现在好了，学校建雷锋广场，雷锋铜像也可安家了。"

楼关海老师言语里充满着喜悦，有了一种实现愿望的解脱。

在朱碧慧校长的陪同下，楼关海老师参观了设想中的雷锋广场，并观看了雷锋铜像模型，说："朱校长，这个雷锋模型有点小气，能不能尺寸扩大一些？"

"我们是按照 5 万的造价设计的啊。"

见朱碧慧校长有些为难，楼关海老师拍着胸脯表示："钱不是问题，重要的把事做好。"

2018 年 9 月，义乌市前店小学校长朱碧慧（右）为楼关海颁奖

在将近两个月的时间里，楼关海老师多次去学校，量身定制雷锋铜像。后来为了使雷锋铜像能经受住风吹雨打，又改造为水晶制品。

学校雷锋广场揭牌那天，作为分管慈善的市领导，市人大常委会主任陈秀仙、义乌市政府副市长孟礁一同参加活动。朱碧慧校长向楼关海老师颁发了"爱心捐赠 情暖校园"的牌匾。陈秀仙主任握住楼关海老师的手说："谢谢你对家乡教育事业的支持，更感谢你的爱心行为。"

前店小学的雷锋活动还真不少。大队辅导员王漪萍介绍：2018 年 9 月，前店小学承办了义乌市第二届"中华慈善日"宣传暨"慈善文化进校园"现场会活动。会上，学校被评为"义乌市慈善文化进校园示范单位"，与会领导还参加了学校组织的义卖活动，共筹得善款 7042.5 元，捐献给慈善事业。

2018 年 11 月，前店小学先后组织"学雷锋标兵"看望尚阳小学卫星班的 6 名特殊儿童，探访义乌市儿童福利院特殊儿童，一方面让孩子们感恩和珍惜现有的幸福生活，另一方面鼓励孩子们做雷锋小学的"小雷锋"，奉献爱心，温暖他人，快乐自己。

2019 年 3 月，前店小学承办了"弘扬雷锋精神，共建文明义乌"市级活动，获得与会领导与来宾的一致好评。

2019 年 12 月，前店小学举行"善启童心，情暖中华"综合实践活动。活动中，学生们将书本所学的知识都搬到了生活中：巧用书信方式给远方朋友送温暖；活用数学知识计算利润盈亏、收钱找零；妙用英语对话进行交流买卖；善用美学构图设计义卖宣传海报。爱心义卖筹得善款 11931.7 元，购买了 200 余只"爱心书包"送往新疆温宿县吐木秀克镇兰干村教学点。非遗美食进校园，助力义乌非遗美食的传承与发扬；打包邮寄爱心包裹，在献爱心的同时体验了"快递员"的艰辛……

谁丢了剃须刀

这天早上，楼关海老师发来一条短信：金主任，我这里有两箱剃须刀，你看是捐赠给爱心团队，还是义卖掉？

"楼老师，这么早啊？"

"我起得早，刚好外面转了两圈回来了。"

"你比我还早啊。"相对而言我算早起的人了，每天早晨 5 点多起来，摸黑出门，从小区北大门出去，途经环城路，沿宾王路再转至江东路，往商博路回到小区，一圈下来，正好到 6 点。然后做早饭、洗澡、用餐，到 7 点了正好出门上班。

2019 年 3 月，楼关海老师（四排左六）参加学雷锋活动

"是的，我习惯了。"

"您说的剃须刀是什么回事？"

原来，2019 年秋天，楼关海老师从自己承包的村东面的山上30 多亩果园干活回来，在自己家门口的路上发现了两个纸箱。"是谁这么不小心落东西了？"楼关海老师心想，发现货物落下的人后必定会折回来寻找，所以他把两个箱子往门边上醒目的地方移动了一下，就进屋吃饭了。没想到午休出门，两个箱子还放在门口，这下他感到事情不对劲。原打算去果园干活的他放下锄头，搬来一条凳子坐在门口等待失主返回。然而，从下午 2 点到太阳落西，先后往这 30 多辆车，也不见有人来取。

"这可怎么办啊？"回到家的楼关海老师寝食难安，夜里也辗转反侧。"不行，我要改变寻找方式。"

第二天一早，楼关海老师找来一块木板，写上"谁丢失了剃须刀？请拨打电话 136＊＊＊＊3212"，放在村口的醒目位置。然而一天过去，没人打来电话；两天过去，还是没人拨打。

楼关海夫妇在北京

第三天一早，楼关海老师找人把上述内容打成招领启事，分别贴在了村口墙上及路边树上，却依然没有人找上门来。

第四天，楼关海老师把查找剃须刀失主的事发在了微信朋友圈，希望有个圆满结果。然而，他拿着样品又特意跑到国际商贸城二区小家电区块，一家一户询问谁丢了剃须刀，还是没有结果。一位熟悉的摊主说："老楼你也太认真了，没人找上来就自己用呗。说不定还是来路不正的货呢，你也别那么较真了。"

"你说的是这个理，也对。可拾金不昧是雷锋的品格，我怎么能占为己有啊。"

后来，我也在朋友圈转发了此消息，但还是没有找到失主。

"金主任，我们还是义卖吧？失主找来给他钱，失主不找上门来便将款项当成爱心基金。"

当我把这件事在"警卫连善爱团队群"一说，有不少善友要求购买，但却因不知定多少价位合适而放弃了。

"这样吧，等爱心公益协会开会时，送给与会善友吧。"

"这样也好。"

只是因 2020 年发生的疫情，原打算在 3 月 5 日学雷锋纪念日召开爱心公益协会第一次会议时赠送剃须刀的计划也只好作罢了。

但楼关海老师为寻找两箱剃须刀主人所做的努力，仍让我感动，也值得我们学习。

不了的雷锋情

2019 年春天的早晨，我收到楼关海老师的一条短信：

"金主任，你昨天去献血了？今天休息吗？我家有几斤土蜂蜜带给你调养身体，表示我们俩的一点心意。"

"不用，谢谢！有这份情义就好了。"

"金主任，你在家我来看望一下能行吗？因为能在一起是一种缘分，更是一份真情。"

"楼老师，真的不用客气。我已献过 200 多次血，有 5 万多毫升吧，没事的。谢谢您的关心，更感谢你们对善爱的支持。"

"金主任，我们在一起已有几年了，你的为人、你的精神令我感动。你可能还不了解我，我在向你学习。注意身体，你有空的话，我晚上来看望。"

"谢谢，真的不用！"见他那么真诚，为不使其产生误会，我又真诚相邀："楼老师，这样好不好，下次献血我们一同前行。"

"一言为定！"

新的一天又开始了，就如同孕育了新生儿的产房，充满希望和活力。愿同一片蓝天下的每一位苍生，幸福、安康、尊严！

"好的!"听到楼关海老师开心的笑声,我感觉他很善良。诚如他发给我的人生感悟说的那样:善良,是一个人身上最好的品德,是世界上最美的成全,也是最好的投资。你给出了善良,一定会收获温暖。因为一个人的善良里,藏着他的运气。在不可预知的未来,你所积攒的福报,往往会给你带来意外之喜。所以,善良的人总是快乐,感恩的人总是富有,让我们带着感恩与善良,不忘初心,温暖前行!

2020 年 2 月,楼关海老师为湖北来凤中心医院捐赠 10000 元

2019 年霜降前的天气依然很清爽。这天早上,楼关海老师早早来到市政府大院,他有一个愿望:希望商城义乌有一个比金华更大的雷锋馆。

我们相约一起去金华献血,看望"金华环保老人"曹荣安,并参观金华雷锋馆。同行的还有专程从宁波赶来的"芳姐"与她的朋友。在途中谈到二十四节气时,有人把义乌方言"霜降"理解为有脚气用生姜泡，一阵大笑充满着行善的欢乐。

在去往金华的路上，曾给原南京军区朱文泉司令员当过警卫员的曾志山来电话：司务长，周末的南京之行能否推迟？因湖南老家突发事变，我急需赶回去。我说：没有事的，你安心去吧，金陵这边我会视情而行。

在金华市中心血站，过去我都是机采成分血，但今天因为与曹荣安老师相约，时间来不及，所以只好改全血。虽一本本献血证记录着献血数量，但我已有 10 多年没献全血了。不过很顺利，短短几分钟就献好了。血站工作人员说："三个月后可献血小板。"

临行前，我给在场的医护工作人员赠送了《爱在金秋》书籍，因为是多年善爱朋友，言语中也多了几分亲切。而在金华市雷锋馆，曹老前辈讲述着创办雷锋馆的心路历程，充满快乐地向来人赠送了近 20 件雷锋纪念品。

中午，在环城北路的农家乐，原十二集团军 536 团的钟新民指导员和李俏红主任从《金华日报》社赶来，展开热情的双臂欢迎大家金华善爱行。

我感到爱是一群志同道合人的集聚，爱不分地域，但爱必须是真心的大合唱。

"金主任，我真的在向你学习，你发的文章我转发了。"

"哪篇？"

"为流浪人送被子那篇。"

起风了，干燥的地面飘落下无数片金黄色的叶子，寂静的新恩堂前偶尔有车子驶过。在闪烁的灯光中，穿红黄色外套的环卫工人已挥动扫把，为即将来临的新一天装饰。

当我跑至义乌电视台对面的公交站时，听有人喊"师傅"。我停下脚步见没其他人，显然在叫我。这时，一位环卫工人走过来说："前面有一人，昨天下午就躺在那里了。"

"喝酒了？"我关切地问道。

"不知道。"

我顺环卫工人所指的方向跑了20多米，见有一辆三轮车，车上有塑料瓶、纸箱等，沿边的水泥地上还蜷缩着一位男子。看那整齐的装束，并没有什么大事。

"没事吧?"

"没事，死不了。"

"病了?"

"没有。"

"那怎么回事?"

"被子给小偷拿走了，冷!"

当时我只穿了短袖短裤，并没有多余的东西可以帮，所以我又往前跑了。但在跑的过程中，脑海里老闪现那蜷缩的身子，如果不去帮一把我过不了心里这个坎。

于是，我返回家，翻出一床真爱毛毯，又在小粥铺买了四个肉包、两个麻团、一碗豆腐脑，跑到那令我牵心的地方。没想到此君已坐在那点燃一支香烟，看来我的担心是多余的哟。

"快点趁热吃吧。"我热情地递上早点。

"我还有一个馒头。"

"吃吧，这被子给你御寒，晚上就不要躺在水泥地上了，不然真会冻病了。"

"谢谢了!"

　　这不过我的一篇随记，然而有心的楼关海老师在朋友圈推发后，又发送给我。这是一种什么样的情怀？这就是学雷锋的朴素情怀。在我们彼此的心里，都点着一盏善良的灯。

　　"金主任，学雷锋的路上我一定与你同行，需要我怎么做你尽管吩咐。"

　　"好的。"

　　2019年12月，楼关海老师（三排左四）参加"警卫连善爱团队"活动

　　正如楼关海老师在转来的晨光心语所说：

　　我没有能说会道的嘴，只有一颗真诚待人的心。不喜欢和圆滑刁钻的人相处，因为玩不过；不喜欢和虚情假意的人来往，因为伤不起。

　　我喜欢实话实说，黑白分明！对我好的人，我好好珍惜；对我冷的人，我绝不靠近。

　　我喜欢和真诚的人多交往。彼此没有虚伪，不会欺骗。大家真心，谁也不会伤谁心。

　　我喜欢和人品好的人为伴。人品好的人，不管怎样我都接受；人品差的人，再好我也不陪同。

　　这就是我，虽然普通，却很真诚；虽然平凡，却很善良。不负每一段情，不伤每一位友。坦坦荡荡，不怕人议论；堂堂正正，安心过一生！

　　原坦克二师政委陆凤彬将军为楼关海老师赠送书法作品《善爱无疆》，也是对其"学雷锋我快乐"的最好评价吧！

中原老兵的善爱情怀

在中原大地郑州，有一位从中国人民解放军原坦克二师警卫连退伍的老兵，名叫陈辉。他几十年如一日，默默书写着自己的靓丽人生，留下了一串串精彩的善爱足迹。

我是警卫连的兵

一天凌晨 4 点多钟，我发现微信运动中陈辉的行走步数已有 2000 多步。这小子怎么这么早就起来锻炼身体了？然而，当我 5 点钟出门跑完 6 公里回到家时，见陈辉依然停留在原先步数。在后来的很多次，都出现这种反常情况。出于关心和好奇，我拨通了陈辉的电话。

"司务长，有何吩咐？"他问。

"你在干嘛？"

"值夜班，刚回家的路上。"

"辛苦了，我不打扰你了。"

"没有亊的，你这个时间打电话必然有话要说的。"

20 年后，陈辉走进老部队依然对英雄充满敬意

当我把自己的疑问说出后，陈辉笑了："我不是分管市政工程科嘛。当一些工程材料运到后，我就要赶到现场验收。市政工程关系到老百姓的日常出行，对自己的'一亩三分地'可不能马马虎虎。"

"好样的。"

作为一名副局长，对自己分管的工作亲力亲为，真不简单。这除了是一份责任，更多的应该是认真干事的本质吧。毛主席他老人家讲过"没有调查就没有发言权"，陈辉在工作上还真是学用结合了。是的，当一位部门领导把自己分管的工作当成事业干，而不是当成权力用时，那么他不仅了解掌握了一线的情况，也构筑起了一道廉政的防火墙。有了这种本善的特质，将他放在任何岗位也出不了差错。

2018 年夏，陈辉（右六）在王杰烈士事迹陈列馆

　　陈辉出生于 1974 年 11 月，中共党员，1991 年 12 月入伍来到警卫连，先后获得嘉奖 4 次，1993 年被评为优秀士兵。1994 年底退伍后，他先后在新野县交通局、郑州市二七区市政管理局、郑州市二七区建设和交通局工作。

　　回到地方工作后，陈辉一直保持着军人的本色，出色完成了各项工作任务。在市政所工作期间，他带领市政所养护人员，奋战在道路抢修、城市防汛抢险一线，圆满完成了铭功路西陈庄前街一家属院塌方、郑州市五里堡办事处建新街等抢险任务，挽救人民生命财产于危难之中，深受市、区领导好评。

　　2017 年 7 月，陈辉调任区建设和交通局后，积极学习，努力适应新的工作岗位，共解决拆迁难点 180 余起，参与完成了 40 余条道路建设，打通了一批三环以内的"断头路"。目前，全区仍有 70 余条道路正在建设，整个南部城区基础设施建设呈现出蓬勃发展的新局面。

陈辉与警卫连的部分善友在义乌雷峰小学（后排中）

"徐卫贞现在怎么样？"我问道。

"听他爱人讲身体恢复得不错。"

"那就好。如果有可能，我们再去探望一次。"

"好的，不管什么时间来，我全程陪同。"

对徐卫贞这个名字，警卫连善爱团队的人并不陌生。2015 年春，家住河南尉氏县的徐卫贞因脑梗塞生命垂危，曾在警卫连当过兵的河南籍战友首先行动起来。陈辉、张小臭、杨文忠、田旭东、郑立伟等很快凑了 5 万元钱，让其家人不要放弃给徐卫贞治病。从陈辉处得知消息后，我在朋友圈发了数篇求助短信，得到了许多战友和社会爱心人士的响应。最令我感动的是义乌一位蒋姓女士捐赠的 300 元钱，她说："虽然我被人骗了 200 万元，但善爱不能忘却。这 300 元是我向朋友借的，希望能帮到昔日的兵哥哥！"

爱是春天播撒的种子，一旦拥有适当的土壤和阳光，就会生根、开花、结果。我发出求助短信后，得到了群友们的热烈响应，有的捐 2000 元、1000 元、500 元，有的捐 200 元、100 元、

50 元。虽然数额不同，但心意是相通的，我们都期待奇迹发生。发出短信的十几天里，全国各地的战（善）友们共为徐卫贞捐助了 13 万余元。

为了彰显警卫连的大爱，也表达对战友的那份情感，在陈辉的提议下，我们决定亲赴尉氏县送爱心款。

这天一早，我从宾王路的农业银行取了 6 万元，加上义乌市雷锋馆馆长何青英资助徐卫贞小孩上学的爱心红包，我与义乌市农业银行金志强、政协专委主任叶伟荣及行政服务中心工程交易中心主任陈李羽一同登上了北去的列车。在徐州与原警卫连指导员陈国山会合后，直奔河南开封。在火车站，陈辉一早就从郑州赶了过来。他戴着一副金边眼镜，清秀的身材依然散发出青春的活力。

"司务长，听说你们要来，我激动得一宿没睡好。"陈辉风趣中还带有几分幽默。这是从连队分别 20 多年后的再握手，也是一次各个不同地方的爱心大汇聚。

"司务长，你看这样可以吗？我们先用中餐，然后去尉氏看望徐卫贞，再回开封。"

"客随主便，听你们的安排。不过，中餐不喝酒。"

"这怎么行，20 多年不见不喝几杯咋行。"同行的张小臭急了。陈辉说："听司务长的，晚上再喝也不迟。"

我们分坐在他们开来的两辆车上，在原连队炊事班长、后调到总参的郑立伟带路下，来到了开封地道的河南菜馆。因有言在先，大家彼此仅喝了一点啤酒，就赶赴尉氏。与尉氏县政协对接后，我们谢绝了他们挽留，直奔疗养院看望徐卫贞。

在一间不大的房子里，我们见到了躺在病床上的徐卫贞。见我们到来，徐卫贞不停"啊啊"表示着感激。听他的爱人黄小付说，现在徐卫贞比以前好多了，神智也十分清醒。不一会，徐卫贞的儿子来到病房。这是一个为了救治父亲而辍学外出打工的孝子，令人赞赏和动容。

"来，快谢谢伯伯、叔叔们。"徐卫贞妻子黄小付忙对儿子说。

"他上学的事安排得怎么样？"

"我们已经把他安排进了技术学校，将来毕业了可以早点找份工作。"陈辉刚说完，张小臭接过话，十分动情地说："司务长，你就放心吧，我和杨文忠会经常去看望徐卫贞的。"

"有你们这些热心的战友，徐卫贞一定能重新站立起来的。"

相聚总是短暂的，告别也难解难分。陈辉为来人准备了河南小枣，并要驱车送到徐州。我笑着谢绝了，说："现在牵上线了，还怕没见面的机会吗？回去吧。"

"一路保重。"陈辉拱手祝福道。

"保重！"

尽管中原之行已经过去了6年，却还如同发生在昨天一样清晰，历历在目。

陈辉所在的二七区是郑州比较繁华的地段，在位于郑州西南方向南三环与嵩山南路交汇处，有始建于1955年的郑州烈士陵园。134名烈士中，有著名抗日民族英雄吉鸿昌烈士，日本籍松井实烈士和苏联专家巴·阿·切明尼诺夫以及为解放郑州而牺牲的烈士。

位于郑州市中心的二七广场上建有二七纪念塔，被河南省人民政府认定为"省级文物保护单位"。1951年，郑州市为纪念1923年京汉铁路大罢工中牺牲的烈士，继承和发扬京汉铁路工人的革命斗争精神，将原郑州市西门外长春桥旧址建为"二七广场",广场中央建三角形木质塔一座。1971 年 7 月 1 日,在原址动工重建钢筋混凝土纪念塔,于同年 9 月 29 日落成。

而距郑州市区约 15 公里的樱桃沟景区,是郑州市的重点旅游景区。樱桃沟位于郑州市二七区侯寨乡南部,以樱桃沟村为中心,丘陵纵横,沟壑起伏,延绵百余里,布满了青翠繁茂的樱桃树,是一个集休闲、度假、餐饮、娱乐、健身于一体的多功能、全方位、综合性的生态旅游景区,有"百里樱桃沟"的美誉。这里樱桃种植已有千年历史,由于气候适宜、沟内避风、土壤特殊,产出的樱桃粒大肉厚、色泽艳丽、入口甘甜,且能补中益气,滋润肌肤。1999 年,樱桃沟樱桃被评为郑州市十大历史名产。2000 年 3 月,樱桃沟景区获得市旅游局颁发的旅游景点证书,并被确定为郑州市重点旅游景区。

听了陈辉的介绍,我竖起大拇指称赞:"好样的!我们以后再来郑州,你就是现成的向导。"

"那没得说,谁让我是从警卫连出来的兵。"

军营善爱缘

时间回到 20 多年前的军营。那时,我所在的警卫连刚搬进了新房,这是我当兵到连队后的第五次搬家。刚当新兵时,警卫连住在王杰烈士事迹陈列馆后面的平房。过了两年,我们到火车站搬卸水泥,在师招待所后面盖了一栋楼房,依次为警卫连和防化连住所。可是没住上两年,我们又搬进了高炮营的房子,而落脚不到三年又搬到了原通信营的营房。在那里住了近 5 年后,我们终于搬到了三个直属队住在一起的新楼房。厨房紧挨连队宿舍,宽敞明亮,后来在炊事班的打理下,成了全师样板食堂。其中，当然少不了陈辉的功劳。

那天早上 4 点多，天上还布满星星，连队的战士还在甜蜜的梦乡里。我依稀听到短促的敲门声，就赶忙披衣开门。"好个老金头，让我早点起，自己还在做梦，像话吗？"一碰面，炊事班长陈全学心急火燎地嚷嚷。这也难怪，因为昨天夜里我们约定4 点钟在连队炊事班见面，要去徐州市七里沟蔬菜批发市场。等了

快乐的连队生活——陈辉（左二）和战友们在一起

10 多分钟后也不见我的影子，他俩就找上门来。原来是闹钟跟我开了个玩笑。

同在一起的连队文书陈辉数落："陈班长，跟司务长这样说话，没大没小了吧？"

陈全学咧嘴笑笑："嘿嘿，这辈子恐怕就这样了，大老金介意了也没办法。"

我捶了陈全学一拳："去你的。现在不计较，将来一同算账！"

从营房到七里沟蔬菜批发市场有 10 多里地，途经黄河故道、徐州印染厂，属于比较偏僻的路。我骑着连队买菜用的自行车，陈辉、陈全学骑着刚买的三轮车，一起向批发市场奔去。

　　黄河堰上虽然行人稀少，车辆寥寥，但是我们披星戴月，有说有笑好不惬意。骑了30多分钟，我们终于到达七里沟蔬菜批发市场。这里已是人头攒动，在从河南、安徽等地运菜的大卡车前，一些商贩在讨价还价，而我们直奔土豆、洋葱、大葱摊位直接取货。因穿着军大衣，商贩从不坐地起价，给我们的价格也是与采购量大的客主一样，甚至更便宜。

　　在一辆绿色卡车前，陈辉听说摊主是河南新野的老乡，便拉起了家常。这位河南的老乡问："你们从这拉走的菜能挣多少钱？"

　　"我们不挣钱，为省钱。"

　　"那何苦？冻手冻脚的，睡懒觉不更好。"

　　陈辉笑笑："老乡这话不中听。你要知道，我们可是王杰所在部队，连江泽民总书记和中央军委的首长都来过。我们每次来这里批发蔬菜，为的是省点钱用于改善伙食。我们连队伙食每餐四菜一汤，而且每个周六还能喝一次小酒，你说值不值得？"

陈辉（前排左一）与战友陈全学、刘华富在一起

"听你这么一说，我这位当兵的老乡不简单哩。来，我每斤便宜两分钱给你们。"

"这还差不多。"陈辉说着，从卖洋葱的老乡那里称了两袋，100多斤，省下了2元多钱。因这次为了包包子，多进了200斤大白菜，结果在印染厂边三轮车链条断了，我们只好下来推车。在和平桥上，我们停下歇脚，三人的衬衣湿透了，热气直往外冒。到达连队，战士们已排队进食堂吃早饭。指导员汪建华见状，说了一声"辛苦了"，便和炊事班一起帮忙把菜搬到水泥台的菜架上。

陈辉在警卫连当兵三年，在参加批发蔬菜的同时，还参与每周六的"流动图书服务队"摆摊设点。那天下午，太阳不知何时躲进云层里，久久不愿露脸。在徐州火车站广场北角，一些旅客翻阅着盖有"正洪图书室"印章的图书，有的还不时看着表。其中有一位中年男子对一本《解放军英烈传》放下了又拿起来，翻了两页又放下。

正在服务的陈辉见此情形，走了过去热情询问："你当过兵？喜欢这本书？"

"是的，我1976年在安徽合肥的农场当兵，退伍后就对有关解放军的消息很关注。我听单位同事讲，徐州火车站有军人在搞图书流动服务，所以特意下了车。没想到时间那么快，书没看完，上车的时间就快到了。"

"司务长，这位老兵要上车了，我们带的《解放军英烈传》没有了，你看咋办？"

由于带的纸箱里没有这本书，我十分抱歉地说："对不起，这本书已送完了。"

陈辉见这位老兵对书爱不释手，就拿来服务记事本，递上笔说："这位班长，你留个地址，到时我们邮寄过去。"

"好，好!"老
兵飞快留下地址和
姓名，笑着与大家
道别：　"期待下
次见!"

见起风了，广
场飘落下无数金黄
色的叶子，看书的
旅客也渐渐少了，
我招呼大家收摊。
大家把书放进三个
纸箱，把三张课桌、

1992年，陈辉在警卫连当文书

三条长椅子，还有连环画书架一同搬上了车。

回连队的路上，陈辉说："司务长，旅客对《解放军英烈传》
感兴趣，上次我去领书时，发现王杰馆仓库还有不少啊，我们可
以向宣传科多要一些。"

"好，回去我就打电话。"

师宣传科分管文化工作的张干事听了我们的陈述，答应得十
分爽快："好，只要上面有好书下发，我多给警卫连两套。"当
天，我们从王杰烈士事迹陈列馆堆放图书的仓库，拉回了一三轮
车的书，足有500多册。

临走前，张干事对图书保管员说："以后下发有多的书给警
卫连正洪图书室。"

"谢谢!"我感激地说。

20 年后，陈辉（左四）与原坦克二师政委马以芝相聚在商城义乌

这天，陈辉陪着一个戴眼镜的中年男子找到我，说："司务长，这位大哥是徐州市的，找我们有事。"

"你好。"我热情地同来人握手。

"久闻大名，我从《徐州日报》得知你们在火车站摆书摊，所以慕名上门求助来了。"

原来，这位家住徐州少华街的关步青是一位军史迷，尤其对解放军英烈方面的书感兴趣。他的书房里摆着各类有关军史中有影响人物的书，但他却买不到《金寨县将军传》，所以想请我们帮忙。知道了事情的原委，我心里有些感动，如果社会上的人都如关步青一样热心军史，那么军人的地位就会更高了。我当即表态说："大哥，你放心，只要能买到这本书，我们马上送过去。"

"好，还是解放军好！"

关步青走后，陈辉担心地问："司务长你那么爽快答应，万一……"

　　我笑笑，安慰道："没事的。"

　　后来，陈辉利用周日找遍了徐州各个新华书店，也没有这本书。我和他一同委托家人在河南郑州、浙江杭州大的书店买，依然没消息。这可怎么办，当我和陈辉碰头时，不约而同想到了安徽人民出版社。没想到，功夫不负有心人，我信发出没几天，就收到了安徽人民出版社寄来的《金寨县将军传》。收到书的当天，我和陈辉就骑着自行车把书送到了少华街关步青的家中。关步青手捧着书如获至宝，连声说："谢谢，谢谢了！"

　　陈辉在连队当文书期间，从宣传科领回近千册图书，除图书室留存一部分，大多在流动图书服务时赠送给了热心的群众，还通过邮寄送出了 40 多册。1993 年秋天，八一电影制片厂摄制组一行来到警卫连，把'正洪图书室"以《书海泛舟》为名搬上了银幕，这当然有陈辉的一份功劳。

　　陈辉在连队服役期间工作热情一直很高，哪怕是在退伍离队的那天，还一大早去批发市场拉了一次菜。他说："虽然人离开了连队，但我会把警卫连学雷锋的传统带到家乡，继续传递好一缕光。"

　　当时，曾有人算过一笔账：我们每次从批发市场拉菜的价格比零售市场要便宜一半。比如市场 5 毛一斤的土豆，批发市场只有 2 角多，每次省下的钱等于给全连每个人的碗里增加了 2 两肉。

善爱随行

　　陈辉就象他自己曾经说的那样，人在哪，就把善爱带到哪。如今他虽然退伍回乡，却仍像在部队时一样乐于助人。

当我看望重病中的徐卫贞后，从郑州一回义乌就接到了陈辉的电话。他说："你们走后，我想了很多。警卫连这些兵虽然分布在全国各地，但对警卫连的感情很深。如果你牵头把他们组织起来，一定会和流动图书服务队一样，有很多人参加。"

2016年春，原坦克二师政委陆凤彬将军为陈辉题写《家和万事兴》

"这个想法好。我们联系几个骨干，建立一个基金，如再发生像徐卫贞这样的事，可以及时援助。"

"好的，你怎么安排我怎么做。"

当我把陈辉的意见跟苏州的陈全学、浙江余姚的黄海芳、长沙的陈家刚一说，他们都表示愿意参与爱心基金的建立活动。于是，陈辉、陈全学、黄海芳首先各自转来5000元人民币，陈家刚也转来2000元，并歉意地说："司务长，我现在手头紧，先捐2000元吧，等下次有钱了再补上。"

义乌的好友金志强、王子民、楼云星、陶维永等表示每年各注入爱心款5000元。好友龚小忠第一年注入5000元，第二年

6000 元，第三年 8000 元，后来增加到 10000 元。2019 年"义乌市正洪爱心公益协会"成立，他一次就转入 30000 元作为爱心账号的启动资金。

从 2015 年春时起，陈辉就负责善款的登记、公布工作。每个月初，在"警卫连善爱团队"群，善友们都能看到陈辉发送的温暖问候。在这里我选择了几条，以慰战友。

这是 2016 年 3 月发的，内容如下：

各位战友，尽管这个月的"爱心红包"公示有些迟，但并不影响对战友们那份爱心的敬意和感动。因为你们的不离不弃，也因为你们的热心参与，才让警卫连的善爱行走得更远。

在各大节日来临之际，陈辉除了公布爱心款外，还送上美好的祝福。这是 2017 年 10 月 2 日的短信：

各位战友，国庆长假即将到来，首先祝大家开心愉快！因为善爱，我们跟随共和国的脚步在前进。也因为善爱，我们的内心更柔软。下面我把 9 月份收到的爱心红包情况发一下，不知是否漏记？谢谢大家！

以及：

各位战友，过去的 8 月对我们"警卫连善爱团队"来说是十分有意义且爱心满满的。8 月 1 日，我们在商城义乌开展了"庆八一爱心结对"活动，得到了义乌许多爱心人士的支持和战友们的参与；中旬参加了"义乌古今文学研究院全国新古体诗大赛"

启动仪式；月底，我们又参加了"走进军营为退伍老兵送温暖讲
励志"活动，均收到很好效果。谢谢大家的善爱！下面我把 8 月
份善款情况告示如下。

2017 年夏，陈辉（右一）在江苏东海爱心助学

在大家的共同努力下，这个月我们共有 172 人次为"警卫连善爱团
队"捐爱心红包和爱心基金，谢谢你们！其中，结对捐助了家住湖北恩
施大山深处的原警卫连老班长彭伦祥所任教的沙坨小学 10 名学生；为警
卫连老兵周芳鑫的哥哥"浙江好人"周芳良之子林嘉麒进行了爱心助学
等。谢谢你们！

我们创建"警卫连爱心群"，是从捐助警卫连河南籍 1991 年兵徐卫
贞和泰州籍 1986 年兵丁建生中获得的启示。我们伸出友爱之手，去帮助
因特殊情况而遇到困难的战友。所以，您每年的爱心红包，不仅是携爱
前行的具体行动，更是我们因共同的善爱走到一起的必要条件！再次用
感恩的心谢谢大家！

在警卫连善爱团队建立爱心账号后，陈辉每个月都要利用工

作之余向群友们报告一次收到的爱心款，真是尽心尽责啊。

2016 年 6 月 1 日，陈辉从郑州赶来义乌，参加《爱在旅途》的首发式，并与上海的宫文、余姚的黄海芳一同去江苏省东海县李埝中心小学开展爱心助学。

2017 年 3 月 5 日，陈辉带着他的小孩参加义乌市雷锋馆的学雷锋活动。那天早上，雨下得很大，当我们步行到雷锋馆时，陈辉儿子的头发湿透了。见此情形，我开玩笑地说："小陈，你爸让你来义乌学雷锋，你不会责怪爸爸吧？"

他昂首挺胸，如同一个小军人，十分自豪地说："我老爸那么优秀，听他的没错！"

义乌市雷锋馆向参加学雷锋活动的陈辉（左三）献花

在活动中，当陈辉父子俩走上主席台时，台下爆发出热烈的掌声，雷锋馆何馆长特意安排了两位小朋友送上鲜花以示鼓励。陈辉充满感情地说："义乌不仅是商品经济发达的城市，而且是充满友爱的地方。从救助徐卫贞这件事上，让我感受到商城浓浓的爱。今天，我带儿子来，就是让他感受义乌学雷锋的氛围，从小培养爱心。"在参观雷锋馆时，一些家长带着小孩特意与陈辉父子俩合影。稠州论坛的方梦娟说："你们当兵的真不简单，今后我也要让子女多参加爱心活动。"

2016 年 7 月，我们通过多方寻找，终于与原警卫连老班长彭伦祥联系上了。当得知彭班长从教 30 多年的湖北来凤县沙坨小学有一些贫困学子需要帮助时，陈辉第一个打来电话："司务长，爱心结对算我一个。"

"好的！结对学生你有什么要求？"

"听从安排，男生女生都可。有一条，这个小孩懂事就好。"

陈辉和儿子陈家熠与结对学生胡良春在一起

当陈辉把有关少数民族贫困学生的信息在"警卫连善爱团队"群一公布，就得到了善友们的热烈响应。杭州的斯双红、上海的郭维发、苏州的陈全学、安徽亳州的周学祥、浙江余姚的黄海芳、义乌的王中南、金洪军都参加了爱心结对。后来，上海的朱海平、商翔集团的王文军、义乌国际商贸城的楼葵芳和金香娟也加入了结对队伍。2017 年"六一"国际儿童节，我们去湖北恩施爱心助学，陈辉打算从郑州那边赶过去，但因单位有事去不了。他转来 1000 元爱心款，并说："请转告受助学生胡良春，我虽去不了，但牵挂的心不变。只要他努力学习，我承诺资助他到大学毕业。"

胡良春也是懂事的孩子，年底他给陈辉写来了一封真诚的感谢信，信中说：当我妈妈得病，爸爸摔伤了腿，家中陷入黑暗时，是叔叔您伸出友爱的手，让我们家渡过难关，也让我看到希望。请陈叔叔放心，我一定好好学习，长大也要做一个有爱心的人。

那是 2018 年"八一"建军节，警卫连善爱团队开展爱心结对活动，彭伦祥老班长将要带胡良春到义乌市来参加爱心结对活动，陈辉就拿着邀请函对上小学的儿子说："小子，去义乌不？见一见你老爸资助的那位少数民族地区的弟弟。"听说要去见胡良春弟弟，陈辉的儿子陈家熠兴奋地抱住陈辉说："老爸，你太棒了！"

陈辉说："让儿子参加这样的活动，就是从小培养他的爱心。现在很多家庭的生活条件都不会差，所缺少的就是去帮助人的爱心。"

2019 年秋天，我在北戴河培训时去山海关实地见习，发了一组先辈守边关的图片。陈辉打来电话："司务长，你在山海关？"

"对啊，有何吩咐？"

"这样的，我小孩也在山海关，请你带他们参观一下有关先辈们抵抗外敌的景点。"

“好的，我去找他。”

不一会，陈辉又打来电话：“司务长，小孩已离开山海关了。下次，我把国防这一课给他补上。”

这就是父亲，一个对儿子倾注了全部关爱的父亲。

这些年，陈辉先后被所在的区、局评为先进工作者，2016 年 3 月被义乌市雷锋馆聘请为指导老师，2018 年 8 月共青团义乌市委为他授牌“优秀志愿者”等。他说：“在郑州二七区有很多风景值得一看，而人生的沿途也有很多风景，我们需要用心去观赏。”

是啊，人生如风景，有爱更精彩！

荷花盛开的地方

　　与楼葵芳结缘是因为一次爱心活动，那次活动以后，她加入了"警卫连善爱团队"，开展爱心助学、慰问抗战老兵、帮助贫困群众等活动，留下了一串串善爱的脚印。

　　2019 年 12 月，原"警卫连善爱团队"正式注册登记为"义乌市正洪爱心公益协会"。第一次大会上，楼葵芳当选为副会长，从此，善爱的路她走得更坚实了，就如同她家屋后的一池荷花，温暖绽放。

"花儿为什么这样红"

　　那天，去前店"雷锋小学"开展爱心助学，同去的有义乌雷锋馆的何青英、政协机关"丹心服务队"成员和"警卫连善爱团

楼葵芳家后院的一池荷花

队"的部分成员，主要是为学校赠送一些书，并参加蓝天下关爱行动，活动内容简朴而热烈。

在《我们是共产主义接班人》的歌声中，我们仿佛又回到了天真少年时代。这首创作于1962年的著名歌曲快意境明，1978年经中国共产主义青年团第十届中央委员会第一次全体会议通过，将《我们是共产主义接班人》定为中国少年先锋队队歌，是全国中小学校开展活动时必唱之歌。

据了解，这首歌原是《英雄小八路》的主题歌。随着影片的热播，《我们是共产主义接班人》这首歌成为脍炙人口的名歌。当年毛泽东主席在武汉会见访问中国的英国陆军元帅蒙哥马利时，蒙哥马利曾提到中共领导人的继承人问题，毛主席说："继承人"这个名词不好，我一无土地，二无房产，银行里也没有存款，继承我什么呀？红领巾们唱："我们是共产主义接班人……"

2020年夏，金正洪（中）与楼葵芳夫妇在厂区池塘边

叫"接班人"好。从此，培养"接班人"就成为学校义不容辞的使命。

"报告首长，有事向你报告！"

见跑过来的是义乌市古今文学研究院的副秘书长缪文中，我就开侃："小兵蛋子，给我站好！"因其在部队场站待过，他与部队结下了不解之缘，对部队的礼节也十分熟悉，我偶尔也喜欢与他开玩笑。

"首长同志，今天咱们不开玩笑，直奔主题。"

原来，他有一位要好的朋友，一直在做善事，有感于"警卫连善爱团队'的种种义举，想加入我们"警卫连善爱团队"。我说："好啊，只要有爱心，热心公益，我当然举双手欢迎。"

过了几天，缪文中带着一位身着黑色正装、气质高雅、端庄干练的美女来到我跟前。

"报告首长，这就是楼总。"小兵蛋子介绍说。

"欢迎您加入善爱团队，以后我们都是善爱一家人。"

"对，善爱一家人，以后有什么善事尽管吩咐，我会尽心尽力。"

"好的，善爱路上我们携手前行。"

2020年初，楼葵芳（二排左三）参加义乌市正洪爱心公益协会成立大会

2018 年 8 月 1 日，"警卫连善爱团队"庆"八一"爱心结对活动在银都酒店举行。到会的除了全国各地的善友，还邀请了湖北省来凤县沙坨小学的三名受助学生代表，他们是从政协办公室副主任晋升为提案委主任金洪军结对的陈文庆，郑州二七区建设局副局长陈辉结对的胡良春，宁波余姚警卫连退伍老兵黄海芳结对的姚秀林。江苏东海的受助学生顾一平在其父亲顾整队的陪同下，也来到结对现场。这位已上初一的女孩显然比别的孩子更懂事，在小学当多年班长的她，在礼节礼貌上更让人称道。她每个节日都会给我发个问候短信。在 2017 年"八一"建军节，顾一平的短信中有这么一段话：金伯伯，早上好。今天是 8 月 1 号建军节，是中国人民解放军建军纪念日。八一军歌嘹亮，人民生活安康。解放军战士为国为民守卫，为爱为美护航，是当代最可爱的人。去年八一义乌之行，让我感受到人间的真爱，您和像您一样的叔叔是值得尊敬的，我要向最可爱的人致敬。祝八一建军节快乐！代我向其他军人叔叔阿姨和您的家人问好！

结对这样懂事的学生，付出的是真心编织的爱，收获却是金钱难以买到的快乐。

"领导，请问我能做些什么啊？"

楼葵芳向我提问，话语中充满了热心。

本次爱心结对活动，学生代表的路费是我高中同学王健芳资助的，酒水是义亭的保安夏赛华提供的，就餐由义乌雷锋馆张晓荣所在的卓雅教育保障的，而印有"警卫连善爱团队"的体恤衫是曾在坦克二师炮团当过炊事班长、后在国际商贸城做电子产品生意的杨爱清提供。

"既然我是'警卫连善爱团队'的一员，我不应成为旁观者。前来参加这次爱心结对活动的住宿费用我来出吧。"

"好的!"我充满敬意地回答。

我想,正是有了像楼葵芳这样热心人的爱心加持,我们"警卫连善爱团队"的善爱之火才会越烧越旺。

"领导,早上好,我已把 14 间房的房费结了,谢谢给我付出的机会。"

面对如此热心的善友,我心里暖暖的,连声说:"谢谢,谢谢!"

当我询问对结对学生有何要求时,楼葵芳笑笑:"这是做善事,又不是认亲。不论男女,不管年级,也不在意地域,我只想尽一份爱心。"

经过一番筛选,我把这两位学生的家庭情况提供过去:江苏东海李埝小学的吴鲜花,因母亲离家出走多年,父亲聋哑,跟奶奶一块过,生活比较艰苦;湖北来凤县沙坨小学的杨玉婷,因母亲长年生病,爷爷、奶奶身体也不好,家中还有一个上初中的哥哥,全靠父亲外出打工维持一家人的生计。听了这些,楼葵芳毫不犹豫地说:"就这俩了。"她当即把我们定的小学、初中资助标准每人每年 1200 元转入爱心账号。

"领导,谢谢了!"

"不,应该谢谢您!谢谢为爱心的付出,让我们助学队伍扩大了。"

"大火"的虚惊和背后的爱

2019 年的夏天,苏溪工业园区内发生了一场大火。厂区上空浓烟滚滚,火光冲天,将近数小时才把大火扑灭。据了解,厂区堆放成品的仓库全烧了,企业损失惨重。

不一会，老善友龚小忠打来电话："金书记，苏溪大火你知道吗？"

"我知道。"

"听说是做床垫的工厂，我们爱心团队的楼葵芳也是做床垫的，是不是她的厂？"龚小忠语气里有几分着急与担心。我与龚小忠认识10多年了，他有一颗善良的心，遇到什么事考虑别人的多一些。为了规范"警卫连善爱团队"的运行，他多次提出注册登记，并作为发起人组织实施。无奈"警卫连善爱团队"因名称涉及部队，难以注册登记。原打算改为义乌市善爱团队，不少善友提出了反对意见。苏州的陈全学说：全国各地都有爱心公益协会，为什么要来义乌参加爱心活动？还不是因为你的知名度。如果"警卫连"注册不了，至少要有"金正洪"三个字，不然我们就不参加了。综合大家的意见，龚小忠把"警卫连善爱团队"注册登记为"义乌市正洪爱心公益协会"。当拿到协会执照的那天，龚小忠一屁股倒在座驾上，喃喃自语："放在心里半年多的大石头终于落地了，我也可以安心睡个觉了。"

对于这么一位热心的善友，我连忙感激地说："我马上打电话。如果是，我们应当去慰问！"

"楼总，你好，在哪里？"听我着急的语气，楼葵芳问道："怎么了？我在厂里。发生什么事了吗？"

"苏溪的大火与你没关系？"

"谢谢领导的关心，失火的不是我们工厂。"

"这就好。"听了楼葵芳的回答，一颗提着的心终于放下了。当我把多位善友的关心转达给她时，她激动地说："谢谢，谢谢善友关心！有空请大家一起来我的厂里坐一坐。"

"好的，这番心意我代善友领受了。"

当年的秋天，在楼葵芳盛情邀请下，我和爱心团队的龚小忠、金志强、蒋雪方来到了尚经工业区，前期到达的还有古今文学研究院的徐金福、缪文中以及《金华日报》记者王志坚一家子。楼葵芳热情地向我们介绍了厂区概况。眼前这个占地7亩、建筑面积15000多平方的四层楼房，是他们夫妻俩用智慧和汗水铸就的。30多年来，他们继承和发扬了先辈们"鸡毛换糖"的优良传统，以实际行动诠释了"勤耕好学，刚正勇为，诚信包容"的义乌精神，他们的经历正是电视连续剧《鸡毛飞上天》的缩影。

看完了厂区，我们又来到厂区办公室。进屋的长条桌台上，摆着新疆提子、西瓜和香蕉，旁边的袋子上装满新鲜的莲蓬。"来，快坐！"楼葵芳热情招呼着，给每人送上一颗莲蓬。当我剥开那饱满的莲子放在嘴里，清香甘甜的江南水乡味道让我回想起小时候，在盛夏的浙中水乡到处都是荷塘美景。当我们穿梭在荷塘中的小道上，空气清新而闷热，两旁的荷叶在微微地摇晃，好像在欢迎客人一般让人倍感亲切。而荷叶上的水珠，如同晶莹剔透的珍珠令人遐想。在荷叶下的小鱼儿，如同追梦的小孩在欢快地追逐打闹着。荷叶上方的荷花，如亭亭玉立的少女，清新而脱俗。一些藏在荷叶下的粉红荷花，又如仙子一般开得妖艳，风情万种。更可贵的是，在泥土里生长的莲藕，耐着性子积蓄着力量，破土却"出污泥而不染"。

浙中美，浙中醉，浙中真是个好地方。在诗一般的江南水乡，不仅有着鸳鸯戏水的美丽传说，也有蜻蜓点水的灵动浪漫，更有荷塘月色的浮想联翩。

不一会，系着白围裙的楼葵芳过来招呼大家吃饭了。我说："麻烦楼总了。"

楼葵芳笑着说："都是善友，还分彼此呀。你们来我高兴还来不及。"

据掌勺的楼葵芳叔叔讲：他哥哥黄文喜因为是福田街道慈善协会的副会长，这天赶上开会，不能来陪大家。菜是喜哥一大早去集贸市场买的，洗、切都是嫂子亲自动手，光土鸡就炖了两个多钟头，其用心之深令人感动。

"太感谢楼总了，我敬您一杯！"我倒满啤酒，连喝了两杯。

"领导，别这么说，因善结识，是一种缘分，日后有什么善事需要我做，尽管吩咐！"

"好的，一定！"

楼葵芳参加结对时与善友合影

缪文中、龚小忠、金志强等也敬了一圈。见气氛那么热烈，平日很少喝酒的王志坚也连喝了两杯红酒。在一旁的他女儿见状，用饮料代酒说："平日里，让我老爸感动的事不多，但见他今天那么放开，说明他高兴，我也高兴。我祝伯伯、叔叔、阿姨善爱路上快乐多!"王志坚的女儿是位高材生，从浙大毕业后就去美国读研了。当缪文中给她敬酒时，她说:"美国的法律是禁止在校学生喝酒的。""现在不是不在美国吗?""那也不行，法律靠自觉维护才有威严。"

说得好! 就如做善事，从内心流动的爱才会持久，才能保鲜。

时间真快，不知不觉到了该道别的时候。或许感受到了善爱之举，天空也激动地下起了大雨，好在蒋雪方没喝酒，我们乘坐她的车先告辞了。在门口，楼葵芳一声"再见"把善爱的情谊在雨幕中拉得更长。

唱响爱的交响曲

那天早上，政协机关的吴敬宝来到办公室送报纸，顺便问:"金主任，你不是认识穗宝床垫的老总吗?"

"对，怎么了?"

"想买些床上用品，想请她帮忙。"

"这好办。我打个电话，你到时找楼总。"

"谢谢。"

"不用客气，都是善友。"吴敬宝也是从部队当兵回来的，一直在政协机关。他不仅热心，还多次参加了爱心捐款。并且，我写的"爱系列"《爱在旅途》《爱在义乌》《爱在金秋》书，累计有3万多册，都是他帮忙搬进搬出。司法局、义乌中学、十小三里小学等都留下了他送书的足迹。对他说的事，我自然挂在心里。

葵芳（后排左一）与义乌市正洪爱心公益协会副会长合影

　　吴敬宝走后，我给楼葵芳去了电话。她不仅一口应允，并且热情地说："你让他来找我，只要需要，不仅我的产品优惠，而且看上了别的产品，我也会帮忙联系。"

　　这就是热心肠的楼葵芳。

　　2020年的春节刚过，突如其来的新冠疫情给人们生活带来不便的同时，也让人感受到爱的力量强大。为了阻击疫情，一批批从全国各地奔赴武汉的医护人员战斗在抗疫一线，成为最美的逆行者，也为全国打赢抗击疫情战斗，交出了一份亮丽的答卷。疫情牵动着全国人民的心，也牵动着爱心协会成员的心。在为湖北来凤中心医院捐赠医疗物资中，除义乌市雷锋馆副馆长张晓荣捐赠5万元外，楼葵芳是最热心的一个。她除捐赠1000元现金后，还捐赠了6万元爱心物资。

　　那天早上，我和龚小忠、缪文中在办公室为各地善友打包邮寄捐赠证书和上海窦芒政委赠送的《情缘》一书。我的电话铃响起，见是楼葵芳的，马上接了起来。

"领导，我要捐 200 箱红酒给奋战在抗疫一线的人。"

"200 箱?"面对这个数字把我吓了一跳。虽每次爱心活动时，一些善友也捐酒水，但那不过十箱八箱的，像楼葵芳这样一下捐那么多，我还是第一次碰到。于是，我十分委婉地说："谢谢您的爱心，但红酒就不用去买啦。"

楼葵芳笑笑："领导你理解错了。那些红酒倒不是特意买的，而是我妹妹抵账过来的。因家里喝酒的人不多，所以就想捐了。再说，做善事是我和老公共同的心愿，我们商量好了，每年用百分之一的收入用于爱心公益，也可以帮助更多贫困地区的学子。"

楼葵芳说的话，我感动得一时无语。迟疑了片刻，我才感激地说："谢谢楼总，我马上联系湖北那边。"然而，湖北来凤中心医院的向科长说："医院的食堂用不了那么多酒，当福利分给职工也不合适。"正在为难之际，缪文中提议：红酒又坏不了，就把它存起来，用于每年爱心活动。

这个办法不错。当天，楼葵芳就把 200 箱红酒拉到每年为前来参加活动的贫困学子提供爱心房的银都酒店，存入了仓库。

前些天，楼葵芳打来电话，说有客人在银都吃饭，想用点酒。我说："酒是您提供的，只要需要随时可用。"

她十分谦虚地说："捐出来的爱心物资，就不是我的，当然要说。"

这就是楼葵芳，一个把善爱装在心里，付之行动，却不图回报的善友。

致敬老战士

这天早上，商城义乌阴雨绵绵。在北苑街道 5 号行政楼，我从龚小忠会长的车上下来，就看见了身着"警卫连善爱团队"体恤衫的楼葵芳。

"楼总早!"听到我的热情招呼，楼葵芳笑笑："我家就住在365行政中心边上，没几步路。"

"都到齐了吗?"

"到齐了。"

"那么，我们走吧。"

这次爱心活动由楼葵芳提议，爱心团队组织，同去的有"义乌市正洪爱心公益协会"的副会长楼关海、杨爱清，监事长龚辉东以及义乌市新四军研究会相关负责人。当我们一行来到位于义乌北苑街道中行路7号时，楼珠莲的女儿早已在门口等候。在楼上，楼珠莲老人见我们那么多人来看望她，激动地搬来板凳招呼大家坐下。接着，老人拿出一叠资料，郑重地交到我的手中，"我等你们很久了，这些资料很珍贵。我已92岁了，不知哪天就要走了，所以请你们接手保管。"

2020年6月30日，楼葵芳（右二）副会长慰问新四军老战士

92岁的楼珠莲老人年轻时曾任义乌县妇联主任，是一名久经考验的革命战士，也是义乌市新四军研究会的一名老会员。她移交给义乌市新四军研究会保存的这20多本资料中，有新四军老战士吴挺的遗稿，还有一些已故战士对抗战烽火岁月的历史记忆。据悉，这些资料都是楼珠莲老人的丈夫、原义乌市新四军研究会秘书长陈海允生前搜集和整理的。

望着楼珠莲老人期盼的目光，我说："大娘，义乌市新四军研究会一定会保护好这些珍贵的革命史料，也一定会利用好陈海允先生用心血保存的这些资料，更好地继承和发扬铁军精神，把革命火种一直传递下去。"

"大娘，这是我们的一点心意，祝您健康快乐！"楼葵芳说着，把水果和牛奶放至楼珠莲老人的身边。当我们下楼时，楼珠莲非要把我们送下楼，楼葵芳拦住，亲切地说："大娘留步，下次我们还会来的。"

从楼珠莲家出来，我们在楼葵芳的引领下，直奔位于苏溪镇的殿下村。

这是一个比较古老的村，有300多户人家。我们走近村口，在一棵有百年树龄的樟树下停下车。在询问抗战老兵楼小法的家时，一位中年妇女说："楼小法在后半村，这里过去有不少路，我陪你们去吧。"

走在殿下村的小巷子里，映入眼帘的都是一幢幢独门独户的沙土结构的瓦房，一股古老的乡土气息扑面而来。拐了三道弯，中年妇女停下脚步，说了一声"到了"就向里屋喊着话。

应声出来的是一位大嫂，见到我们一行亲切地说："他侄子可能下地了，我去叫一下。"

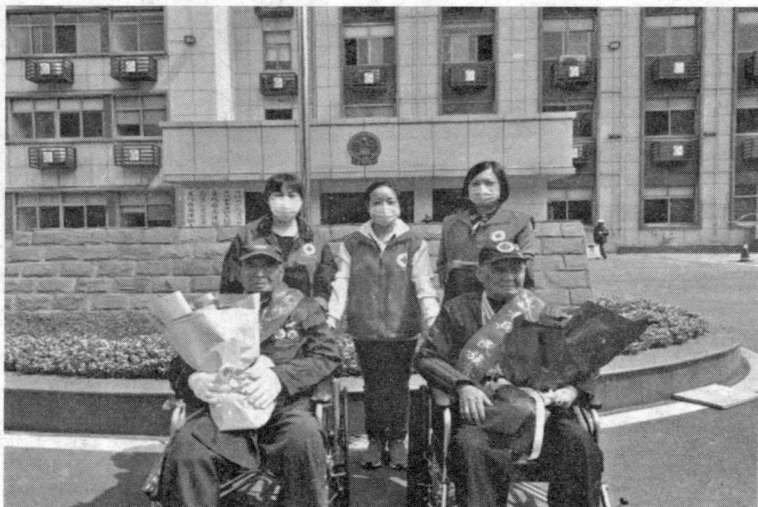

2018 年 7 月，楼葵芳（后排右一）看望抗战老兵楼小法（前排左一）

"不用，我们来看下抗战老兵楼老就走。"

在院子的第三间房内，一位老人坐在椅子上，虽目光有些迟钝，但一听我们提起抗战时的中缅公路，老人来了劲。

"老爷爷，还认识我吗？去年我来看过您。"楼葵芳走到跟前，贴近耳朵亲切地说："您是汽车兵，打小日本贡献很大。"

听说打小日本，老人身子前移，双手比划着开汽车的样子，连连点头。

楼葵芳从手机的图片中找出了曾探望他时的合影，老人激动地伸出双手敬了个军礼。这个并不标准的军礼，是老人对昔日峥嵘岁月的自豪，也是对那抗日烽火中英雄气概从心底涌现的一种骄傲，更是对下一辈"精忠报国"的一种期盼和"国家兴亡匹夫有责"的传承。

据了解，楼小法当时所在部队为兰姆伽驻印军辎重兵汽车第六团，团长曹艺是个小个子，也是义乌人。与楼小法同去的有原尚经乡罗店村的罗继球，下湾村的吴广溪，西张村的张保森等。与他们一起的人不少牺牲在了远征印度、缅甸的途中，激战野人山中。活着回来的也相继去世了，因而，百岁抗战老兵是一笔不可多得的财富。

"老爷爷，我们走了，下次再来看望您。"

当我们道别时，老人又迅速举起双手敬礼。我也赶紧回礼，敬礼的手也久久难以放下。

"领导，公益活动结束了，那么就去看看我家的荷塘美景吧。"

"好啊。"

我们开车来到尚经工业园区，在楼葵芳老公喜哥的陪同下，来到了那荷花盛开的地方。只见池塘里一朵朵盛开的荷花如同荷花仙子一般甩袖起舞，而正在采莲的楼葵芳如荷花一样堆满笑容。

这些年，楼葵芳善爱的脚步如同蔷薇的藤遍布四周。从2015年起，慰问了苏溪镇与20多户贫困家庭和抗战老兵。在国庆70周年时，为义乌国际商贸城客商、福田幼儿园的小朋友赠送小国旗500多面，帮助结对贫困学生50多人次。楼葵芳老公、义乌市福田街道慈善协会的副会长黄文喜说："对老婆的爱心公益我举双手赞成，只要她做的事我都支持。这些年，我们家用于爱心公益的钱不少于100万吧。今后，只要有需要，我一定大力支持和参与。"正因为有了喜哥的支持，楼葵芳在善爱的路上走得更远。下面是楼葵芳资助的学生吴鲜花在"六一"儿童节写来的感谢信。

亲爱的楼葵芳阿姨：

您好！

我是您资助的学生吴鲜花。我现在就读于东海县李埝中心小学，今年上五年级了。

感谢您在我困难的时候给予我的资助，让我心中又燃起了好好上学的希望。在以后的学习生活中，无论遇到什么困难，我都会勇往直前，心存感恩，决不放弃。

我的父亲小时候因发烧导致聋哑，现在远走他乡，在外打工。母亲在我不到三岁的时候，因忍受不了家里的贫困而离家出走，至今未归。我和两个哥哥从小跟着奶奶生活，家里唯一的经济来源就是靠又聋又哑的父亲打工干苦力活和爷爷奶奶种田维持生活，日子过得非常拮据。每到新学期要开学，家人就开始筹学费，到处借钱。每次看到父亲失望而归，我都会默默流泪。我多想为他分担一些负担啊，但我太渴望上学了。很幸运，在这个时候，我得到了您的资助，让我对生活又一次充满了希望。我知道这对于我来说，不仅仅是物质上的资助，更是在精神上给我强大的动力，也让我有了一颗感恩的心。

楼阿姨，您放心：我不会让您失望的！我一定会好好学习，争取成为一名品学兼优的好学生，用自己的行动来回报您和社会。

谢谢您，用您的爱，温暖了我，温暖了四季，让世界变得更美丽。

将来我长大了，也要像您一样，做一个有爱心的人，我也要像您一样去帮助更多有需要的人。

最后，祝您工作顺利，永远健康开心。

您资助的李埝中心小学五（4）班　吴鲜花

楼葵芳（前排左二）与"喜哥"（左四）

当我们离开楼葵芳在尚经的工业园区厂房时，他们夫妇俩送至门口，楼葵芳说："今年的'八一'爱心活动我要为新四军研究会送两台电脑，还要为少数民族地区学校捐订100份《雷锋》杂志，让雷锋之花开遍祖国的大江南北。"

有人说有爱心的女人最美丽。是的，有爱心的女人就像一朵绽放在隆冬的梅花，让饱经风霜的人感到生命的顽强；有爱心的女人就像一杯久酿的酒，让蹉跎岁月的沉淀更香甜；有爱心的女人又像蔷薇花，虽不显眼，却令蝴蝶驻足。我觉得：爱心就是一瓢纷洒在春天的小雨，使落寞孤寂的人享受心灵的滋润。爱心又是一股流淌在夏日的清泉，让燥热不宁的人领略诗一般的恬静。这就是我认识的楼葵芳。

她的品行正如宋代诗人李廷忠所写："玉女翠帷薰，香粉开妆面。不是占春迟，羞被群花见。纤手折柔枝，绛雪飞千片。"

楼葵芳就是一直在那荷花盛开的地方含笑绽放。

拉链"辉哥"的爱心曲

2020 年夏，龚辉潮陪同金正洪（右一）参观菜地

　　初夏的商城已然瓜果飘香。在顺辉拉链老总龚辉潮的盛邀下，就"八一"爱心捐赠贫困学生一事，我再次踏进了顺辉拉链公司的大门。热心的辉哥还是那么开心，言语中笑意满满。在他新建厂房的前面，只见那绿油油的瓜地里一个个圆滚的西瓜正沐浴着阳光，而那些已发白的香瓜正等着主人的采摘。在一垅一垅

的菜地里，有黄瓜、四季豆、茄子、辣椒、西红柿等。面对这一丰盈景象，我问："那么多果蔬怎么吃得完？"

没想到辉哥不假思索地回答："这还不简单，送到食堂，分给公司的员工，让他们一起吃。"

义乌市人大常委会副主任颜新香向龚辉潮赠送中国新四军研究会常务理事、《铁军》杂志副总编姚定范书法作品《大爱无疆》

这句话早在前几年我陪同市政协杨桂芳副主席走访委员时，在楼下那块菜地里曾听他说过。没想到 7 年过去了，辉哥还是善爱初衷不改。

我情不自禁称赞："您真有爱心！"

辉哥淡淡一笑，说："都些小事。"然而，就是这些不显眼的小事，成就了他的大事。

不平凡的创业路

龚辉潮助学希望工程的奖牌

改革开放前的义乌，人多地少，经济发展缓慢，生活条件落后，因而很多人选择外出"鸡毛换糖"。而龚辉潮所在的黄塘自然村，红泥为多，良田少，大部分土地田高水低，经常遇旱，收成不好。辉哥 10 个兄弟姐妹，他在家里排行第九。家里人多地少，为了补贴家用，年仅 14 岁的他就跟着师傅外出学习敲糖（早期义乌人对鸡毛换糖工作的称呼），挑着货郎担走安徽、下江西、去福建，走街串巷，用自己家里制作的义乌特产姜糖、棒棒糖和采购来的针线纽扣顶子等生活物品，置换老百姓家中的鸡鸭鹅毛回家，选取优质鸡毛制作成鸡毛掸子的坯料送到供销社收购站，以供出口；挑选剩下的鸡毛撒到水田里给地增肥。后来，渐渐的，辉哥的商业才能被触发，他由从事鸡毛换糖的工作转化成给鸡毛换糖人员供应商品，其中的一个产品就是拉链。拉链原来从广东进货，看到它的商业价值，改革开放后，辉哥就自己创办拉链制造企业，凭借敏锐的市场判断、先进的经营理念和诚实守信的经商理念，企业越做越大。他所创办的顺辉拉链，已经成为当地的行业龙头企业。

龚辉潮（左二）参加"传递一缕光，善爱在行动"庆"八一"爱心活动

据辉哥的弟弟龚辉东讲：那时，我哥哥鸡毛换糖的路走得并不顺。在当时，鸡毛换糖会被当成投机倒把的，会成为打击的对象。在鸡毛换糖的发源地廿三里还成立了"打击投机倒把办公室"，把那些在廿三里街上手拎篮子叫卖的和摆地摊的赶得"嘭嘭"飞，禁止糖担外出鸡毛换糖，否则人要抓，钱要罚。

当然，面对这些，难不倒想要过上好日子的人。义乌不给做，辉哥就跑到江西和福建。慢慢的，义乌的鸡毛换糖生意就走遍了大江南北。从此，各地都能听到义乌敲糖帮"鸡毛换糖喽"的吆喝声。

　　提起这段往事，辉哥有几分自豪："如果不走出去，我也没有今天的成就。走巷串户的敲糖经历虽充满着艰辛，却也遇到过不少好人。"

　　那天，辉哥挑着货郎担，走在刚下过雨的赣北山路上。因走错路，他已经一天没进食了。竹林的山风呼呼吹来，带着几分阴森感，他感到又饿又累。面对没有星星、没有月亮的残夜，他多么希望看到有灯光的地方。当他咬牙走下山坡时，忽然见前面不远的地方有微弱的光亮。辉哥一阵惊喜，不由加快了脚步。

雷锋小学的少先队员向龚辉潮（左一）、楼葵芳、楼关海、张晓荣献花

　　这是没有几户人家的小山村。辉哥沿着灯光走去，见一处低矮的泥房，从窗户透着微弱的光，一位老年妇女在做针线活。辉哥顾不上那么多，上前敲开了这家的门。

　　"谁啊，这么晚了还敲门？"当大娘拿着油灯，开门见到十分疲倦的辉哥，不由怜惜起来，只听她说："你们这些外乡人，真不要命，这么晚了也不休息。还没吃饭吧？快进屋。"

"大娘啊，我也是没法子。"辉哥说完，搁下担子，一屁股坐在地上。

大娘把油灯放在桌子上，从灶台取来几个地瓜，倒了一碗水递到辉哥跟前："快吃吧！"

见辉哥虎吞狼咽的样子，大娘心疼地说："伢子，有一天没吃东西了吧？你们出来讨生活不容易，今天就在这将就一宿，以后饿了困了就来这，把这里当成你的落脚点。"

面对如此热心的阿婆，辉哥热泪盈眶，并频频点头致谢。这一夜，在大娘打的地铺上，辉哥睡得很香很甜。

第二天一早，天放晴后的小山村炊烟袅袅，绿树葱郁。辉哥吃完大娘准备的早饭，取出一包针，敲下一块糖，感激地说："大娘，我也没什么值钱的东西留下来，谢谢您了！"

"这伢子说这话就不中听，出门在外，遇到难事相互帮衬是应当的，大娘收留你不图什么回报。"

江西阿婆的一番话，给了辉哥前行中不少启示。所以，不论企业做成多大，他都坚守着做人的底线：害人的事不做，能帮的人热心常帮。

后来，随着义乌马路市场的兴起，辉哥再也没有去过江西，但在敲糖的经历中，当地乡民给予的纯朴帮助他从没忘记过。

畈田王的大善人

辉哥经商办企业的路并不顺畅，但他善于捕捉商机，从小小的拉链做起，一步步稳扎稳打，企业起色很快。在他的心里牢记着一点：不论挣了多少钱，为村里服务的思想不能变。

　　1983 年秋的一个晚上，辉哥请生意伙伴到家里吃饭，尽管准备了鸡鸭鱼肉一桌子菜，但朋友的一句话让辉哥开心不起来。那是掌灯时分，辉哥特意点上了充气的煤油灯，虽屋里亮堂堂的，却有些落伍了。

　　"停电了吗？还用煤油灯？"

　　"我们村还没通电呢。"

　　"这样啊？装电灯用不了几个钱吧？"

　　"村里有点偏，又是自然村，拉电不太容易。"

　　听了朋友的话，辉哥心情有些沉重。他倒满一杯酒，拍着胸脯说："让大家见笑了。不过请大家放心，我马上操办这个工作，在短时间让我们村用上电，到时我再请你们喝酒。"

　　"老兄，你不会自己掏钱装电灯吧？"

　　"为村里办点实事，自掏腰包也应当。"

慷慨捐款献爱心
To Donate Generously with a Loving Heart
扶贫济困见真情
To Show Kindness through a Helping Hand
义乌市慈善总会
Charity Federation of Yiwu City
二〇〇七年十一月

龚辉潮获得的奖牌

　　这些朋友走后，辉哥喊上弟弟龚辉东一起，当晚就去福田乡负责管电的领导家。路上，龚辉东问："哥，你想过没有，装了电灯别人以为你有很多钱，到时村里的人找上门来，你麻烦事就多了。"

"不想那么多，哥拉线装灯的钱还是有的。万一有人因此找上门来，也没什么可怕的。都是乡里乡亲的，能接济也是善事。别担心，哥不怕。"

来到乡领导的家里，听说来意后，领导激动地说："我为你们村由于各种原因和现存的困难而迟迟没有用上电，感到非常遗憾，现在如果由你辉潮主动提自己出资购买所需材料，乡里一定全力支持，立即安排人员动工，以最短的时间完成这个工程。明天马上通知电力部门测量计算所需材料和费用清单。"

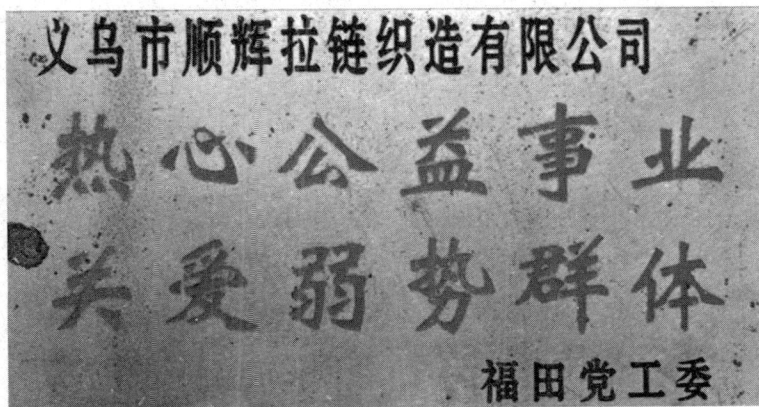

义乌市顺辉拉链织造有限公司
热心公益事业
关爱弱势群体
福田党工委

龚辉潮热心公益的奖牌

辉哥说："好，只要马上动工，村里能够尽早用上电，物资采购的费用不是问题，人工也不是问题。"

第二天，从乡里取到清单后，辉哥叫来自家 4 个兄弟，一起从县城买回 16 根水泥电线杆，又到五金店运回电线、开关、闸刀等。听说龚辉潮要帮村里装电灯，不少村民放下手中的活，做起了帮工。在大家的共同努力下，短短 7 天，村里就告别了油灯，通上了电。当天晚上，辉哥特意请来乡里的电影放映队放了电影，村里老人们直夸龚辉潮有爱心。

1985 年春，生意上的朋友来村里谈业务。因刚下过雨，泥泞的红土让他开的车在地上打转，还差点掉进沟里，热心的村民帮忙把车推到村口开阔地。当他抱怨村的道路太差时，辉哥拍着他的肩膀笑着说："老兄，放心，下次就不会了！"

话说出去了，就是一种责任。辉哥说干就干，先找到福田乡规划乡村公路，再到公路段寻找设计施工，一整套流程下来，花费 10 多万元。不到一个月，就把原先的泥土路变成了水泥路，村民出行再也不用怕雨雪天。那位生意上的朋友听说昔日泥泞路变成水泥路，特意买来鞭炮祝贺，并伸出大拇指称赞龚辉潮"言必行，行必果"，是生意场上的好伙伴。

随着义乌小商品市场的兴起，辉哥办的拉链厂企业发展势头迅猛。在政府的支持下，征用了几十亩地，建起了现代化厂房，引进了先进的生产设备，工厂形成较大规模。

据了解，辉哥不仅为村里装电、修路，村上老百姓有什么困难他都会帮忙解决。2014 年春，村里建文化礼堂，辉哥捐了 5 万元，村里有人考上大学为学费发愁，他又送去 1 万元。

政协委员的风采

2014 年初夏的一天，我陪同市政协杨桂芳副主席走访政协委员龚辉潮。在稠江开发区，顺辉拉链厂区门口，见我们的车过来，他赶忙迎了上来。在他的陪同下，我们参观了各加工生产车间，工人们正埋头干着活。据了解，在这个现代化的园林式厂区里，拥有员工 1000 多人，生产出来的产品出口到世界各地，真是小小拉链拉遍全球。

2015 年 2 月，龚辉潮（后排左二）与出席会议的政协委员合影

"订单还好吧？"见杨主席问，辉哥信心满满地说："企业运作非常好，也相当稳定。"

"资金怎么样？"

"也不缺资金，运转一直正常。"

"这样很好。义乌的不少企业因资金担保困难而举步艰难。"

"是的，有时候也会帮助别的企业担保一些。作为政协委员，除了把自己份内的事干好，也要在社会上起到带头作用。"

当我们走到厂区的鱼池边，见菜地里长满了各种各样的菜，杨主席风趣地说："看来，我们龚委员还是勤快之人，只是那么多菜怎么吃得完啊？"

辉哥笑笑说："我厂里员工多，许多菜就送到食堂给他们改善伙食了。"

辉哥不仅对自己的员工十分关心，对社会群众也十分热心。在他当政协委员的 5 年中，共提了 10 个提案与建议，多数被采纳。其中"关于在菜市场设立自产自销区"的提案，让许多小规模种菜的菜农和种点菜补贴家用的老人享受到了实惠。

龚辉潮参加党代会

　　那天早上，在工人路的孝子祠公园公交站台边，辉哥见不少老百姓提着篮子在卖菜，因人太多车子无法通行。他索性停下车子，走到一位大爷跟前，问："大爷，你的玉米棒子怎么卖？"

　　"一块钱一个。"大爷为一位买主剥着一棵玉米棒子，头也没抬回答道。

　　"这么便宜？"

　　"都是自家种的，吃不完，卖几个算几个吧。"

　　"那也不要论个卖啊？"

　　"不行，等会城管来了，又要赶。我是快些卖完省事。"

　　见大爷脸上布满辛劳的皱纹和露出青筋的大手，辉哥仿佛看到了自己父亲的影子。辉哥心疼地说："大爷，你这些玉米棒子算100个我都要了。"

　　"你要那么多？"老人惊喜中流露出怀疑的表情。

　　辉哥十分认真地说："对，正好有几个朋友来，我没什么送，就当自己种的吧。"

　　"那也不能让你吃亏，我还是数下个吧。"

　　"不用了，如果不够下次找你补。"

"那好吧。"大爷提着两袋子玉米棒子，送到辉哥的车上，并说："谢谢了!"看着老人离去的背影，辉哥感慨万千。

尔后，他特意去了新马路菜市场，农贸城批发市场临街的绣湖西路等地方，发现都有这种情况。为此，他着手书写提案：近段时间的早晨，我在市区的各菜市场周围发现很多占道售卖蔬菜的人群。这些卖菜人群，以老人为多。他们大多来自本地辖区的农村，将自家吃不了的蔬菜拿来市场周边销售。由于自己种自己吃，这些蔬菜比那些大面积种植的蔬菜，少用农药或生长素等，成为很受人们欢迎的绿色食品。因随意占道经营，既堵塞交通又造成卫生脏乱，影响到城市容貌，而且城管人员的强制驱

龚辉朝与政协委员骆一平、金正洪商谈社情民意

离又会造成不好的影响。让农民把自己种的蔬菜通过市场销售出去，不但给农民增加经济收入，还让更多市民吃上绿色蔬菜，又能解决占道经营、影响市容等问题。我建议：在菜市场内或附近开设专区，销售农民自给自足的绿色蔬菜。为规范秩序，请有关部门把好入门关。同时，一律取缔占道经营、路边经营的行为，还市民整洁、有序的生活环境。

义乌市正洪爱心公益协会聘请龚辉潮（右二）为名誉顾问

对于这个建议，市政府召集行政执法、恒大集团进行了研究处置。最后决定，在城乡每个菜市场内都辟出蔬菜自产区允许菜农买卖。

义乌是商业贸易高度发达的地区，小商品市场的繁荣成就了义乌今天的知名度。从鸡毛换糖走过来的成功企业家，对市场的反应尤为强烈。"市场是义乌的命根子，市场兴则义乌兴，市场忧则义乌忧。"这是龚辉潮常挂在嘴边的话。

为了市场持续繁荣，辉哥花了近半年时间提出"加强协作，共同促进义乌市场繁荣"的提案。

辉哥分析了"经营压力、场街矛盾、外贸诈骗、场内不文明行为"等方面的问题，提出加大政策扶持力度、设立市场发展奖励基金、留住高科技人才、行政执法入驻市场等建议。

辉哥在提案中说：义乌之所以成为创业者的天堂，能吸引来自世界各地的人到此经商，是因为长期以来市委市政府对市场的扶持力度以及推出的一系列优惠政策，但面对全国各大专业市场的兴起，义乌市场逐渐失去了政策优势。相反，高租金、税收等问题，也让部分经营户难担重负。因此，有关部门或许可以以"扶持市场发展"为目标，制定更优惠的政策，如降低税收、租金，放宽招商门槛等，在留住原有经营户的同时，吸引更多的优质企业。同时，对成功留住高科技人才、培养技术人才的企业给予更多的奖励，以促进义乌本土企业实现转型升级。他认为，市场关乎义乌发展的命脉，在经历30年的辉煌后，如何能再创辉煌，是义乌亟待思考的问题。所谓"单丝不成线，独木不成林"，市场的发展需要公安、工商、税务、行政执法、商城集团等职能部门和单位加强协作，共同管理，才能形成健康、和谐、有序、稳定的新局面。

同时，辉哥还对如何把"富二代变成创二代""如何提高工伤赔偿标准"等提出建议。

这就是一个政协委员的风采。

当我问及庆"八一"的爱心捐赠，辉哥笑笑："你认为多少合适?"我说："爱心不分多少。""那么，我就捐赠10万元资助100名贫困学生。"一听辉哥这么说，我激动地站起身子，紧握着他的手说："谢谢，谢谢!"

一路走来，辉哥帮助了近百名困难群众，热心资助贫困学生200多人，为困难职工送温暖500多人次，他用坚实的脚步让小小的拉链走入大世界，也让小小的善事开创了一片爱的天地。

龚辉潮热心捐赠时与爱心人士合影

　　记得有位诗人说过："年轻时，我的生命有如一朵花——当春天的轻风来到她的门前乞求时，从她的丰盛中飘落一两片花瓣，她从未感到这是损失。现在，韶华已逝，我的生命有如一个果子，已经没有什么东西可以分让，只等着将她和丰满甜美的全部收货一起奉献出发。"

陈警官和两个犯罪嫌疑人的孩子

商城义乌的夏夜，到处华灯映亮如白，绿树碧叶闪闪发亮，行人、车辆川流不息，彰显着这座城市的热闹与繁华。

2020 年 6 月 14 日，陈清源（右三）与爱心人士合影

在一次爱心活动中，我结识了后宅派出所副所长陈清源。他对我说："我关注你们警卫连善爱团队很久了，我愿意加入这个团队多做一些善事。"正在这时，一个电话令他激动不已："陈叔叔，我家的桃树结满了果子，有空来摘吧。""好啊，我有空一

定来。"

放下电话，陈警官自豪地说："这是我曾帮助过的犯罪嫌疑人的儿子，这孩子既懂事又感恩。"

原来，陈清源从小就想当一名警察，然而，他从警的路并不一帆风顺。

2020 年 6 月，陈清源（左二）进村开展反诈骗宣传

2006 年 7 月，陈清源大学毕业后先在杭州一家企业做编程工作。之后，他回到家乡后宅镇何界村当了两年村官，后来又考入事业编的第三人民医院从事信息化管理工作。2011 年春，他经过自己的不断努力，终于如愿以偿考上公务员并穿上了警服。

2012 年的冬天，陈清源办理了一个涉毒案件，嫌疑人是义乌市北金山村 60 岁左右的一对老夫妻。当时，夫妻俩为了让豆芽菜生长的快，便在种植容器里添加了对人体有害的物质，夫妻俩案发后被刑拘了。在送家属通知书的时候，陈警官见这对夫妇家的房子是老式木瓦结构，让人感觉这房子快要倒了似的。这在北金山村算是最差的房子之一。

　　涉案的夫妻有一双正在上学的儿女，见着父母被抓也显出一脸的迷茫和无助。正在上大学的姐姐对弟弟说："弟弟，就是姐姐退学打工，也要帮你念完大学。"弟弟说："姐姐，你再上一年就要大学毕业了，我是家里的男人，还是我退学吧。"面对两个懂事的孩子，陈警官鼻子酸酸的。他扫了一眼房子里两条凳子架着的木板床，见家里也没有什么值钱的家当，他想：虽说大人不懂法律，为了图利而做了害人的事，但子女是无辜的。善爱的种子破土而出了。陈警官拍着胸脯说："你姐弟俩谁也别退学，你们的学费叔叔来想办法。"

　　办理一个案件，萌生一份善爱，这是一个警察最柔情也是最值得称道的地方。当即，陈警官从口袋里掏出仅有的 1000 多元递给姐弟俩，并说："我不会让你们失学的。"

　　从北金山村回来后，陈警官联系了义工之家"安静"。在爱心人士的帮助下，姐弟俩终于得以继续上学。陈警官因此受到了社会的广泛好评，面对别人的称赞，他说："父母被

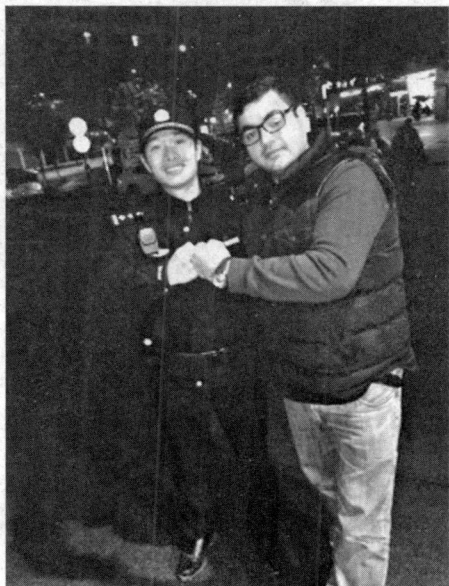

2017 年 1 月 19 日，陈清源与外国志愿者一起

抓，对这个家庭来说天就塌了，如果我们不伸出手相助，孩子一辈子就毁掉了。"

得到陈警官及爱心人士的帮助，这两个孩子也知恩图报不负众望。他们不仅学习刻苦用功，而且还坚持寒暑假勤工俭学，并顺利念完了大学。

陈警官还像大哥哥一样，多次去孩子家看望。当年的大年三十晚上，陈警官特意包了饺子，和他们姐弟俩一块过了年。姐姐楼文婷说："这个年虽然爸妈不在家，但却是让我们最难忘也是最温暖的一个节日。"

2019 年春节，陈清源与留在义乌过年的少数民族代表在一起

如今，姐弟俩早已大学毕业，而且都已经成了家。一直以来，他们与陈警官因善爱而连接的纽带没有断，家里有什么事都会打电话分享。

这就是善爱的力量！

吴滨和他的学雷锋服务队

2002年，吴滨在装甲二师215号功勋坦克前留影

　　原装甲二师后勤部战士吴滨是一位精干的帅小伙，2002年退伍后，一直坚持不懈地学雷锋做好事，书写了一个个爱心故事。他所在的义乌市稠江街道专职消防队，自2004年建队以来，坚持十几年如一日以雷锋精神建队育人，传播雷锋精神不动摇，践行雷锋精神不松劲，争当雷锋传人不退色。2018年3月，时任团市

委书记吴爽为他们授予"学雷锋服务队"的旗帜。

一个把爱字写大的人

那年"八一"建军节前夕，我接到一个陌生的电话："金书记，'八一'我们想请您与我们一同过。"是谁啊？过"八一"的肯定是当过兵的人，但我真想不起来是谁。见我迟疑，他又说："都是我们同年的兵，宣传队的女兵也参加。"见他那么热情，我点头同意了。

2002 年 5 月，吴滨与全国拥军模范庄印芳老妈妈合影

那天，来接我的是两位小伙子，一个面很熟，我却一时想不起来。"我是吴滨，2000 年兵，2002 年在原装甲二师后勤部。他是朱跃琪，我们同一年兵。"吴滨在后勤部战勤科时，我去北京后勤指挥学院中级培训一年，暑假回到部队虽听说有同乡在后

勤，但接触并不多。北京回来后，又去了师连云港副食品生产基地任职，所以见面的机会很少。不过，听财务科的兰溪人谢锡银讲过，这个老乡挺讨人喜欢的，叫他做点什么事手脚很利索。

在北苑街道一个不大的饭店，来了 20 多人，有原炮兵团的炊事班长杨爱清，我在军需科当助理员时去他的连队检查过，所以见面就认识。而吴超群曾在警卫连待过，后学了驾驶调入防化连，2004 年底从一级士官转业回到义乌。战友见面格外亲切，又是同一个部队，似乎有说不完的话。而我这个 1982 年的老兵，和他们在一起也感到年轻了许多。

"金书记，为了同在后勤部待过，我敬你一杯。"吴滨喝了酒后脸有些红。我说："情领了，酒随意。"但他还是一口干了，又倒上一杯，说："金书记，我知道你一直在做好事，我很敬佩。希望今后你去做好事时捎上我。"

"好的，这杯酒我也干了。"

吴滨虽为直性子，但说过的话就板上有眼。2018 年八一建军节，"警卫连善爱团队"开展爱心结对活动。吴滨听说有湖北来凤土家族的贫困学生来义乌参加活动，他对我说："金书记，这几位学生的食宿我来安排。""不用，已经有人安排了，你来参加就可以。"

"那么，我可以多带几个战友过来。"

"好的。"

"八一"那天，吴滨带着 8 位同年兵参加爱心结对活动，而他们在来之前，搞了一次爱心捐赠活动，筹了 2000 元红包作为受助学生在义乌的费用。

那年的冬天，吴滨去火车站送人，在熙熙攘攘的人流中听到有小孩的哭声。出于自己的那份善念，他沿哭声走了过去。在墙角一个三四岁的小男孩哭红了眼，脸冻得发紫。吴滨脱下身上的外套披在小孩子的身上，然后蹲下身子亲切地问："小朋友，快别哭，跟叔叔说说，你的爸爸妈妈呢？""叔叔，我的爷爷奶奶不见了。"当小孩子看到有叔叔来关心自己，如同见到亲人，一把拉住吴滨的裤子，哭声更大了。"快别哭，叔叔带你找爷爷奶奶去。"说完，吴滨从口袋取出纸，把小孩眼泪擦拭干净。然后，一把将小孩抱住来到售货亭，买了一瓶热牛奶给小孩喝。小孩平静下来后，吴滨问："小朋友，你知道爷爷奶奶的电话吗？"还好，小孩告诉了他奶奶的号码。当吴滨联系到他家人后，才得知小孩是和奶奶出来玩，奶奶进店买东西时小孩自己走着走着就越来越远了。奶奶不见了小孙子，心里特别着急，还以为被人抱走了，正准备报警呢。吴滨联系到小孩子家人后，问了他们家的地址，开车将小孩送到了家，让这原本愁容满面的家庭又有了欢笑。

那天早上，我刚跑步到市政府大院，就接到了吴滨打来电话："金书记，后宅中学爱心活动什么时间去？"若不是他说起，我倒忘记了此事。当时，义乌市民间紧急救援协会的方为成会长要为他所在地的后宅中学送《爱在金秋》等书，却因为父亲身体不好拖下来了。我是跟吴滨讲过，到时让稠江专职消防队学雷锋服务队一起去，所以他一直记着这件事。我满怀歉意地说："方为成的父亲没有了，这件事要往后推。"

"什么时间的事？"吴滨显得十分惊讶。

"听方会长说是昨天发生的事。"

"老人家多大年纪了？"

"92岁，应该高寿了。"

吴滨沉默了一会，真诚地说："金书记，如果你去送老人一程的话，我陪你去。"我是肯定要去的，不仅因为方为成是政协委员，在工作中给予了我们大力支持，更主要的是他多次参加"警卫连善爱团队"爱心活动。"这样吧，明天早上我们一块去。"

"好的。"

第二天一早，吴滨特意调休，带着稠江专职消防队的丁映羽过来，直奔后宅。在花圈店，老板是位热心肠的人，听说我们要去方会长的家，他愿意带路。可是没想到，他好心办了坏事，把我们带到了下旺，可方为成的村是下万。

在下万村，民间救援协会的一位善友早等候在那里。我曾以为方为成40多岁，他老爸最多60多岁，没想到是喜丧，享年94岁。我们给老人上了香，吴滨送上早已准备好的1000元红包，我们就告别了方为成，离开了下万村。

2018年8月，吴滨（右）率稠江专职消防队学雷锋服务队在敬老院慰问抗战老兵

　　那天的天气不错，阳光明媚，风和日丽。在回程途中，我问吴滨："你那么多年做好事的动机是什么？"没想到他不假思索地回答："善念。"

　　"善念？"有高度，我不由得伸直大拇指。

　　以此，我在周末写了一则"自有快乐来"的短信。

　　在日常生活中，善念是无处不在的。比如，我们接到一些陌生的电话，一听到推销和广告的，对待的态度便截然不同。有的紧眉大发雷霆，有的平和一笑。虽然这些电话有点烦，但从职业的角度理解大家彼此不易，如果不是诈骗电话，接听了并不损失啥，没必要动火伤肝。

　　就在前两天，我接到工行的客服来电：金先生有件事请问下，别人的工资基本不动的，为什么你的工资一到账就提取，是我们窗口服务态度不好还是其他原因？听了她委婉而显不安的语气，我没丝毫厌烦，相反还觉得温馨。我说："是这样的，我在农行贷了房款每月需还利息。""这样啊，打搅您了。下次有什么需要，我行也可以帮您的。"

　　其实，许多事情并没有那么复杂，心态决定一切。本来一句调侃的话，从善的眼光看你会觉得幽默，但从小心眼的角度看你会感到冒犯，从而大发脾气，对己对人都不好。

　　人生就是一张有去无回的单程车票，没有彩排，每次都是现场直播，把握好每场演出是对人生最好的珍惜，动气与责怪真的没必要。

　　在迎来送往中，会遇到各种不同的人。有的吃了喝了拍拍屁股走人；而有的心存感激，一回到家就会报平安，这让人感到很赏礼。相遇真的是缘分，亲人、朋友千回百转，珍惜那个懂你的人；所有的过往，都值得我们珍惜，所有的经历，都是一种懂得。懂得，是生命中最美的缘分。

所以，保持善念就有了懂得，有了懂得就拥有快乐。只要快乐了，一切纷扰也就放下了，困扰你的不快也就消失了。

多行善事必有所冀。一年50多个周末，问候亲友不仅仅是礼节，还有一份善念，就如康乃馨一般青春温馨。

学雷锋服务队的那些事

这是一个特殊的群体，因为工作的需要，一群从全国各地退伍的老兵汇集在一起，组成了一支能战斗的专职消防队。说它特殊，是因为他们都穿军装，却不佩戴军衔。而且，他们的日常工作都是军人的标准，他们的成员都是军人的情怀。为有效提升人们的消防安全意识，积极营造浓厚的"了解消防、参与消防、支持消防"的宣传氛围，强化重点场所火灾防范，吴滨和队员们一起在广场当起宣传员，为过往群众分发消防安全资料，讲述安全知识。不料，天下起了大雨，人们纷纷躲雨。这时，看见有一位大妈跌倒在路上，吴滨赶紧跑去将她扶了起来。"大妈没事吧？"吴滨将自己的外套脱下披在大妈身上。大妈见吴滨那么热心，还身着军装，以为他是解放军战士，感激地说："没事，谢谢解放军！"吴滨笑笑说："大妈，我们是稠江街道专职消防队的，以前是解放军。""都一样，都是好人。"当大妈回家后，见已离去的吴滨他们身上没一处干的地方，心情难以平静。她特意跑到副食品市场，买了10斤红糖送到消防队。老百姓的心都是热的，当你为他们做了好事，他们从心眼里感激，恩将仇报的人虽有毕竟是少数。

2020 年元宵节，吴滨和学雷锋服务队为隔离人员送汤圆

　　2019 年春节过后，义乌乍暖还寒。这天早上，吴滨路过义乌市人力资源市场时，看到密密麻麻的人群有几千人，有的蹲下身子点一根香烟，等待着来招工的厂家，有的三五成群扎堆闲聊，有的跺脚来回走动着。面对这么多对商城义乌发展起到重要作用的外来务工人员，吴滨心里怀有深深的敬意。在他所在的因"以孝治家"闻名全国的龙回村，本村人口只有 2000 多人，外来人口却有 3 万多。这些外来务工人员，是义乌经济发展不可缺的因素。他们的存在，也保证了义乌市场的持续繁荣。包容善待的理念已深深扎根于义乌人的心里。大家知道，在原市人力资源市场的香山路，有个老张的爱心粥铺，每天免费为他们提供早点，还有爱心人士隔三差五送营养快餐。而人力资源市场搬到新的地方后，离稠江专职消防队更近了，吴滨很愿意为他们做些事。"我们不是有那么多红糖嘛。"消防队党支部书记金红华提醒道。"对了，我怎么忘记了。"吴滨一拍脑后说："我们就送姜茶吧，又解

渴又驱寒。"吴滨他们将三桶冒着热气的姜茶投放到劳务市场，受到务工人员的热烈欢迎，不到一上午姜茶的桶就见了底。下午，他们又烧了三桶过来。后来，稠江电信分局的7位志愿者也加入了送姜茶的行列，为数万人送去了商城温暖。

4月初，域镇职校的一名学生在老师的陪同下，来到消防队寻求帮助。只见这名学生右手无名指上，一枚戒指深深地卡在了第三关节处，因被卡时间过长，造成血液循环不畅，整个手指红肿。为了防止在摘除过程中伤到该学生，班长张能能立即为该学生带上头盔，披上外套，而后一边使用磨光机，一边用水降温，相互配合进行摘除。5分钟后，随着"咔"的一声，戒指成功被剪断。

2019年5月29日，城西街道加油站对面的阿明公寓，一名女子因与异地男友吵架，半边身体坐在5楼房间的窗户边欲跳楼轻生。专职消防队现场决定采取前后夹击的方法，分别上到5楼隔壁的房间和6楼同等位置的房间。对女孩进行心理疏导的同时，6楼的队员做好准备，随时开展救援。一组在1楼救生气垫铺好后，另一组从6楼攀爬至5楼封堵住女子所在的窗户，门外的另一组同步进入房间将女子控制住，最后合力成功将该女子救下。

5月27日傍晚，义乌稠江街道专职消防队接到报警称：位于四海大道的一家包装公司3楼有一女子欲跳楼轻生，情况十分危急。接警后，专职队立即出动一辆抢险救援车、一辆登高车赶赴事发地点实施救援。

17时30分，专职消防队到达现场后侦查发现，在包装公司三楼有一名女子坐靠在窗台，手中拽着小刀，情绪极其不稳定，随时有失足坠落的危险。现场救援指挥专职队队长吴滨了解情况后，立即确定了救援方案：主要采取劝说的方法，尽可能满足跳楼女子的合理要求，稳定该女子情绪；其他人则对地面进行清理，将救生气垫铺展开，以防万一。

随后，通讯员使用电话向该女子进行耐心谈话，尽可能消除她烦躁和失望的心理，劝导她不要激动，有事下来解决。待女子注意力分散时，带队指挥吴滨悄悄绕到其身后，迅速上前把其一把拉下，另一名队员立即将其小刀夺走，其余队员将该女子控制住。成功拦截营救后，当场将女子交给派出所民警，该女子无大碍。

此次救援过程中，稠江街道专职消防队队员们机智果断、沉着冷静、处置得当，从而使轻生人员在第一时间被成功获救，深刻体现了消防队员过硬的素质，赢得了群众的肯定。

2019 年 5 月 31 日，稠江专职消防队学雷锋服务队为宋颖送自行车

2019 年的"六一"，稠江街道专职消防队得知义乌"最懂事的小女孩"宋颖同学就要小学毕业了，队员们都想为她做些事。早在前一年的"警卫连善爱团队"进行"庆'八一'爱心结对"

活动时，队长吴滨见到了身体状况不佳的小女孩母亲。当时，吴滨就对她说："你的女儿那么懂事，我们会在她成长过程中给予帮助的。"对陌生人的关心，宋颖的母亲感激地说："谢谢了！我的病拖累了家人，也给你们增加了麻烦。""没关系，我们都是一家人。"当听说小女孩上的初中离家比较远，专职消防队队员们就捐款买了一辆山地自行车送到学校，看到宋颖爱不释手的样子，队员们都感到十分宽慰。

2020 年 3 月，稠江专职消防队学雷锋服务队开展爱心服务活动

8 月 3 日下午，稠江街道柯村一民房内发生了一起煤气泄漏引起爆炸的事故，造成 3 人受伤。这间民房内，住着一家 6 口人。一对夫妻，一双儿女，以及孩子的外公外婆。事发时，外公发现厨房煤气软管脱落，当即将管子重新接上，却又在没有确认安全的情况下，点燃了煤气灶，由此引发爆炸，导致他本人、外婆以及外孙女受伤。受伤女孩的母亲代女士说，她们全家都是重庆人，父母住在稠江街道柯村，在义乌打工已有 6 年多。今年 3 月份，她带着小女儿来投奔母亲，主要做一些手工活维持生计。这

次的意外事故，致使她的父母以及才两岁半的女儿都进了医院。目前她的父母在义乌市中心医院烧伤科住院治疗，女儿因伤势较重转到省儿保医院治疗。当时，代女士的父母已经苏醒，但身上有多处烧伤，后续的治疗及康复才是最重要的。而女儿身上有80%的严重烧伤，情况危急，一直住在省儿保的重症监护室。父母收入低微，她自己也只是打打零工，没有什么收入，家里主要靠老公支撑。经过一系列的手术和治疗，已经花完了家里所有积蓄，还拖欠着医院医药费，接下来仍然需要花费一大笔钱来医治。面对沉重的治疗资金压力，代女士以泪洗面，全家人一筹莫展。参加救援的吴滨了解到情况后，他感到，关键时候他们组织救火，但平时也应救人。吴滨把代女士家的情况一说，大家纷纷伸出援手，你一百我二百捐了4000元。那天，吴滨和队友们带着消防队30多名队友热心的爱心款来到烧伤女孩的家。"大姐，这4000元是我们消防队的一点心意，虽解决不了什么困难，但我们相信在社会的帮助下一定会渡过难关。"同时，吴滨提议让其在水滴筹上发帖子求助社会，他自己又捐了200元。通过社会各界的爱心支持，在水滴筹筹到了10多万元的费用，虽对后续治疗也许只是杯水车薪，但让他们一家感受到了人间大爱。

这些年，专职消防队没有闲着。为进一步提升市民，尤其师生对突发火灾的灵活应变能力，使其掌握消防安全知识，强化消防意识，掌握更多的自救、逃生、自我保护的具体方法，他们联合稠江派出所、义乌市复元医院、凤凰社区对开发区学校举行了消防疏散演习活动。在龙回实验小学，举办了逃生疏散演练暨消防安全知识培训，进一步加强学校消防安全工作，普及消防安全常识，增强师生防火安全意识。在金鹰实验学校，组织全校1000余名师生进行消防安全培训、演练，进一步提高辖区学校师生们的消防安全意识以及应对火灾等突发事故的能力。稠江街道专职消防队在"六一""警营开放日"，组织戚继光小学和江湾小学的30余名小学生走进消防队，通过学习消防，使他们对消防知识有了更深入的了解。

最美逆行者

2020年初，一场突然降临的新型冠状病毒疫情牵动着全国人民的神经，也牵动着稠江专职消防队每个队员的心。

23日凌晨1点，专职消防队接到了来自稠江街道党工委的命令，让他们立即投入抗击疫情的战斗。疫情就是敌人，任务就是战斗号角，吴滨立即通知召开全队队员会议。不到10分钟，这群虽穿军装却不佩戴军衔的特殊兵就集合在会议室。"同志们，武汉发生的疫情形势不容乐观，为阻击其在全国的蔓延，从现在起我们每个人放弃休息，轮流上岗。"吴滨的话让队员们感到身上的责任和担当，在分组时，不少队员争先要到第一组直面最危险的车站。与此同时，他们设立了临时指挥部并安排人员、车辆、任务，组织8名队员，分4组通宵达旦投入战斗。党员带领队员分时段做好涉鄂人员的接送任务，用实际行动践行作为一名党员及消防员的初心与使命。

为体现党员支持疫情防控斗争的强烈愿望，他们发起了稠江街道专职消防队党支部党员自愿捐款献爱心支持疫情防控的活动，捐款尊重党员意愿，坚持自觉自愿、量力而行的原则，累计收到捐款5000余元，一幕幕感人的故事在不断上演……

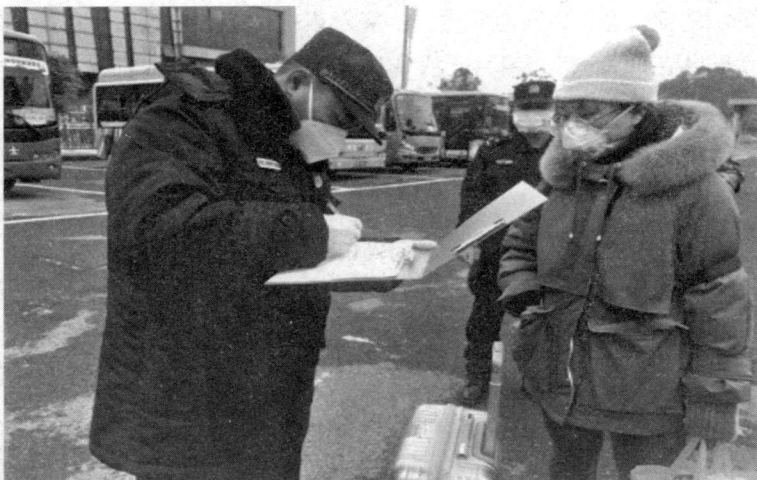

2020 年 3 月，吴滨在防疫前线登记接送武汉来义人员

26 日，消防队成立了党员突击队，队员们主动申请晚上驻守在火车站的公交站。白天，他们还要在队部指挥队员配合各大高速路口检查检疫执勤，协助义乌交警、行政执法、各镇街单位把好出入关；分组接送湖北返义人员到各自居家隔离点进行自主隔离，在防疫第一线为市民健康牢筑安全防线。家住江东下王的消防队党支部书记金红华虽然不是一名退伍军人，但早在两年前就参加了"警卫连善爱团队"开展爱心公益活动，先后为山东日照从房顶掉下来的战友捐过款，去绿城广场为过往群众分发过国旗。他离驻地有近 20 里地，每天一大早就从家里往单位赶。他妻子曾风趣地说："你都已经在消防队那么多年了，还这么辛苦图啥?"金红华说："我虽已经是个老同志了，但还穿着消防服，至少算半个军人吧。目前疫情防控形势严峻，我们就是要坚守阵地、冲锋在前。"妻子看到金红华明显瘦多了，心疼地说："去吧，多注意身体，家中的事有我别牵挂。"

　　吴滨从初一出门已有 6 天没回家了，女儿吴佳悦患了头痛的病，曾休学去北京看过也查不出什么原因。原本妻子吴小平照顾她，但她这几天感冒发烧，又去不了医院，只好到药店买点药吃硬撑着。面对冷冷清清的家，吴小平有一肚子的火要发，但见吴滨拖着疲倦的身体回到家，想发的火便压了下来，并关切地问："我给你下面条去。"吴滨应了一声"好"，就一头倒在沙发上呼呼睡着了，吴小平心疼地把被子抱过来盖了上去。

快乐一家人：吴滨妻子吴小平（左）和女儿吴佳悦（右）

　　这位 2002 年从二师后勤部退伍的老兵，退伍之后，先后在交警大队、供电局任职，后成为稠江街道专职消防队的一员。退伍不退色，转业不转志，他始终坚守着一心为民、努力奉献的初心。吴滨说："穿上消防服，我就要坚守誓言。"

　　在此次抗击疫情战斗中，作为稠江街道专职消防队队长的吴滨，他起早摸黑，经常回不了家。一天在火车站值守时，吴滨的女儿吴佳悦打来电话："爸爸你回不回家吃饭？""你们吃吧，爸爸还在忙。"不久，懂事的吴佳悦给吴滨发来一段话："老爸，自己喜欢想做的事一定要大胆去做，不要在意别人异样的眼光，只要做自己觉得对的事情，就要把它做到最好，不给自己留下遗憾。我相信，老爸你是最棒的！"此时，正在义乌火车站公交站值守的吴滨，泪眼模糊了阑珊夜色。年已40岁的吴滨，自投入疫情战斗后，他作为领头雁，勇当排头兵，义无反顾地投入到疫情防控这场硬战中，当好一个战斗员。哪里有需要就出现在哪里，充分发挥了一个共产党员的先锋模范作用，彰显了全心全意为人民服务的宗旨本色。

2020年3月5日，稠江街道专职消防队学雷锋服务队成员合影

"我们每班次要站岗8个小时，主要任务是分组接送疫区和重点地区返义人员到隔离点进行医学观察，在防疫第一线为市民健康筑牢安全防线。"这是吴滨和战友们每天的工作任务。在他的带领下，稠江街道专职消防队做到了人员分工明确、搭配合

理、精干高效，实现"招之即来、来之能战、战之必胜"，为全面打赢新冠肺炎疫情阻击战做出了贡献。

2月8日元宵佳节，稠江街道专职消防队把亲手制作的一碗碗热乎乎的汤圆送到了各小区、村卡口的工作人员手中，给大家送去了街道党工委的温暖和节日的祝福，也为全力以赴打赢疫情防控"阻击战"加油打气。

因为有了和吴滨一样乐于坚守的所有志愿者的付出，商城义乌的防控形势持续好转。2020年2月，吴滨被义乌市表彰为"抗疫先锋。"

大爱无形，大爱无声。世间万物生生不息，人间有爱绵绵不绝。

"弘扬雷锋精神，践行为民宗旨。"一件件、一桩桩的动人故事，正是稠江街道专职消防队的真实写照。这些平凡而伟大的事迹，承载文明，传递温暖，播撒爱心；队员们的真情付出，十几年的坚守，传承中的创新发展，稠江街道专职消防队谱写了一曲曲新时代的雷锋之歌。

善爱一家人

与徐老师相识 20 多年了，我们可谓以善结缘。从军地书信两地情，到我的作品《爱在旅途》《爱在义乌》《爱在金秋》逐字逐句地修改，很费了他一番心血，称其为老师一点也不为过。这次抗击疫情，他指挥团队从事《战疫情迎新春》专题创作，有110 多篇战疫诗文见诸于浙江作家网、金华作协公众号、《义乌商报》等新老媒体。虽然，平时我常开玩笑，甚至戏耍他为 36 公岁的老顽童，但他从不介意。

爱心受托

初春的一个晚上，义乌市古今文学研究院首任院长、本土作家徐金福转来一个爱心红包，让我去看望《孝德感乌》的作者胡友大。真的，徐老师交待之事我绝不敢马虎。

经了解，胡友大被作为农村文化样板的徐樟塘村聘请为村助理。这次抗击疫情，他在村文化礼堂值守了 20 多天，主要为外地来义乌经商、打工人员入住徐樟塘村进行登记和信息上传工作，至今已录入 492 人。因怕给办事群众带来不便，他每天坚守在岗位，饿了就啃方便面。徐老得知这一情况后，那颗善爱的心又翻腾了，他给我打来电话哽咽道："小金，我出门有许多不便，请你买些熟食水果慰问胡友大，他那么多天只吃方便面我心里难受啊。"

女儿徐音为徐金福理发后拍下的照片

次日一早，我联系了义乌市正洪爱心公益协会副会长蒋雪方。原本她已去芸溪镇新厅村的老家种树了，但听说去慰问抗击疫情一线人员，马上放下手上活赶了过来。副会长金财贵已约好人，正在去杭州的路上，听说去行善，调转车头即来徐樟塘村会合。当我们走进文化礼堂，正在为 5 个从外地来义乌的人登记而忙碌的胡友大立即站了起来。我们说明了来意，他接过代表徐老一片爱心的水果、食品等，激动地说："还劳你们大老远的来看我，太谢谢了！善爱团队真暖心。"当即，胡友大从随身带的包里取出两本《孝德感乌》，签名赠送我们。

金正洪等慰问抗疫志愿者胡友大

玫瑰花开

　　春节后的一天，我给徐老师打电话，说："你家公主徐音的伞还没还呢。"2020 年，我在稠州路上行走时，忽下起大雨，正要往前跑时，听见一个熟悉的声音："金老师等会儿，我给你雨伞啊。"见是徐老师的女儿，我就不客气地接过雨伞。原打算正月与徐老爱心活动时送还的，没想到疫情一来只能宅家，还伞一事也就一拖再拖了。"不要紧的，不就一把伞嘛，别老想着还了，徐音每天在社区驻点，很忙的。"徐老师的话语中充满了自豪感。

　　徐音工作的工商银行词林分行所在地属稠城街道。大年初二，她就参加了社区志愿服务。为管理居民外出，徐音制作了500 张"出门登记卡"，为外出采购生活用品必备和保障群众日常生活正常进行。社区有位阿姨，乡下家里老人生病需要照顾，唯一的出入登记卡做了儿子的名字，她十分着急找到社区，徐音得知该情况后立即上报社区领导，经耐心沟通后，社区领导同意按特事特办的原则为阿姨办理了情况承诺书的证明，阿姨终于能够如愿照顾老人。房客伍先生拿着登记卡要外出，可房东刚已出过门，伍先生因没有开通电子银行，有笔5000元资金需当日汇给客户，十分着急。有着银行工作经验的徐音问清来龙去脉后，征得社区领导同意，全程陪同伍先生去对面500米的ATM机办理了现金存入汇款业务，并陪他及时返回该小区。

　　这些天，徐音还参加了义乌城市有爱公益慈善志愿者协会，进行抗击疫情布控和巡查检测工作。她在曲苑小区某幢某单元的温州台州返义人员居家隔离观察户大门进行值班值守，严控人员出入，关心隔离人员的生活需求，从送菜到快递，协助医护人员完成每天上门测体温等服务工作。

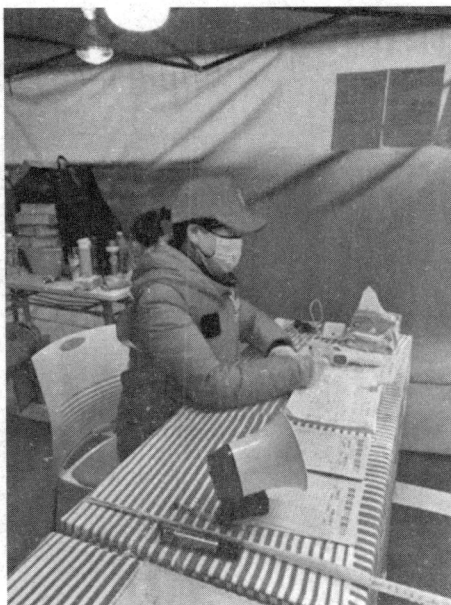

徐音在社区从事志愿服务

　　她说："时代的一粒灰，落在个人头上，就是一座山。疫情来了，作为一名守卡人，就要守土有责，做守土尽责的最美逆行者。"

等待出征

2 月 18 日，徐金福老师发来一条短信：我的确为儿女们都在第一线为国尽忠而倍感自豪。徐惊也已报名，正在等待出征武汉的命令。"他也要出发吗？"我知道义乌支援武汉抗击疫情的三名医务人员年三十已出发了，现在连徐惊也要奔赴一线。"身为防疫科主任的徐惊，又是共产党员，递交出征申请理所当然。"每次说到徐惊，徐老眼中就闪放出光亮。的确，他有自豪的资本。

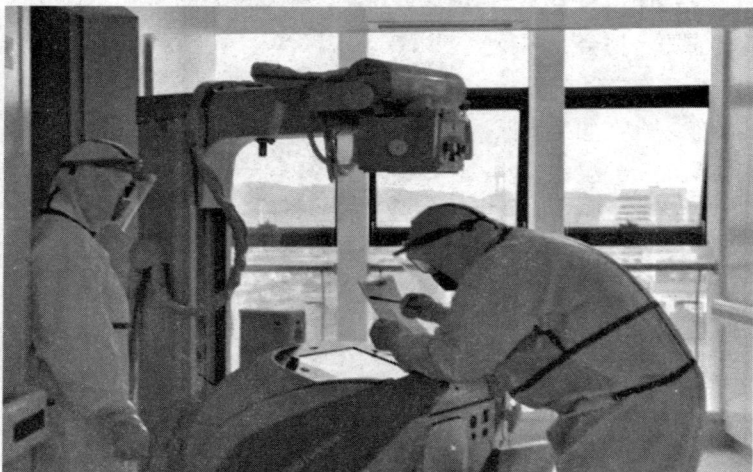

徐惊在疫情防控中与战友们一起

徐惊递交申请书后，特意去超市买了米、面、油，还把冰箱里塞满了各种蔬菜。临出门，还给父母交待："爸、妈，家里的东西足够你们用一个月了，千万别出门。我跟姐姐说过了，有什么事给她们说。"徐老师说："儿子对父母特孝顺，天天叫我们别出门，菜啦、面包啦，药啦都由他代购，两个女儿也一样。所以，家里粮草充足，我才安心指挥团队从事《战疫情迎新春》专题创作。"

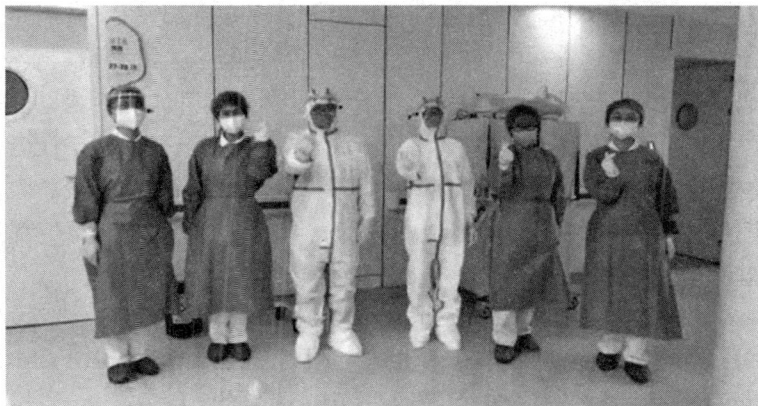

徐凉在疫情防控中与战友一起坚守

记得前年冬天，原国防部长、全国人大常委会副委员长耿飚的秘书、《耿飚传》作者孔祥琇老师来义乌，我让徐老师来作陪，他特意带来家中珍藏多年的酒，对孔祥琇说："你们能千里迢迢来义乌做客，都是为了善爱，在这点上我们的心是相通的。"作为坦克二师秀才的孔祥琇，他把自己编写的《演出队的故事》递交给徐老说："早听说义乌是个好地

《耿飚传》作者孔祥琇（中）与金正洪（左）、徐金福（右）合影

方，今天又碰见徐老师这么热心肠的人，小金有福气。"当用完晚餐，我们要送徐老师回家时，没想到徐惊早已在大厅等候，还把餐费结了。当我表示谢意时，徐惊说："金老师你就不要见外了。当儿子的只要老爸高兴比什么都重要。我所能做的就是让老爸活着时过得开心一点。"简单的话，却蕴含着深深的孝义。联想到之前很多次爱心活动，受徐老师安排，活动结束后，徐惊都送我回去，我对这父子敬意更深。

当我打电话询问徐惊递交出征武汉的申请一事，他笑笑："这没什么，比起在一线冲锋陷阵、出生入死的同行来说太微不足道了。作为预备队的我现在做好本职工作，等待雨后彩虹的出现。"

这就是他们一家人。像这样予人"心理抚慰"的事连徐老师自己都记不清有多少次了。几年前，他和文友朱师志去延安采风，在朱德故居结识讲解员王层悦，她是一名延安培植小学年仅 11 岁的学生。当徐老师得知她是个单亲家庭的孩子，渴望有个爷爷时，就毛遂自荐当起了她的爷爷。每个学期，徐老师都会给她寄书和一些学习用品，春节前都会给她寄去 500 元压岁钱和食品。

爱心人士活动前留影

一封将军的来信

警卫连善爱团队的战友们：

　　3月5日又要到了，受疫情的影响，想必你们一年一度的学雷锋活动也要推迟了。在这特殊的日子旦，首先祝愿警卫连善爱团队的战友们身体健康，生活快乐！

　　早在2018年3日5日，我曾到义乌雷锋小学参加过"《爱在义乌》走进校园"系列活动。为向该校爱心捐赠图书的台联会长蒋国勇、浙江最大的民营医院复元医院副董事长方惠兰、爱心人士王健芳赠送过

时任坦克二师少将政委陆凤彬与夫人肖云

书法作品表示感谢，感谢他们对孩子们的关心、对警卫连善爱团队的支持、对学雷锋活动的热忱。听闻义乌爱心人士楼关海为雷锋小学捐资近 8 万元铸造"雷锋群雕"，还准备为江苏东海县李埝林场小学"正洪书屋"捐款，我很感动，特意写了"善爱无疆"予以鼓励。

2018 年 3 月 5 日，陆凤彬政委在雷锋小学作报告

这次疫情发生后，你们又积极投入到抗击疫情的战斗中，慷慨捐款，为湖北省恩施州来凤县中心医院送去了价值 15 万余元的医疗物资。你们这种爱心行动让我这个老政委深受感动，也非常自豪！

1963 年 3 月 5 日，毛泽东主席向全国发出了"向雷锋同志学习"的号召。由于雷锋精神传承了中华民族的传统美德，它激励和影响了一代又一代人沿着助人为乐的道路不断前行。我在坦克二师当政委时，号召大家学雷锋，到十二集团军任政治部主任时，我还是组织官兵学雷锋，包括在福建省军区政委这个位置上，仍旧大力倡导学雷锋。所以，这么多年来，我对学雷锋标兵金正洪同志的支持和关心没有中断过。在去年6月，"警卫连善爱团队"的部分战友来通州参观我捐建的"忠孝园"时，我给大家讲："你们学雷锋做好事不仅传承了部队的优良传统，也为自己的人生增添了新的光彩。老政委永远鼓励、支持你们！"

陆凤彬政委为义乌市台联会会长蒋国勇赠送墨宝《厚德载物》

病毒无情，人间有爱，春风化雨，情暖人心。疫情终会消散，一切终将会好。我们坚信，在党中央的坚强领导下，和我们全国人民一起，共同努力，交上一份抗击疫情的优秀大考卷！

最后，让我们携手同行，在学雷锋的道路上书写更多的新篇章！

陆凤彬

2020年3月3日

陆凤彬政委在警卫连"正洪图书室"

2019 年 6 月，陆凤彬政委与参观通州"忠孝园"的"警卫连善爱团队"成员合影

相聚在八一军旗下的善爱

　　2020 年"八一"那天，为继承"警卫连善爱团队""团结、互助、善爱"的传统，更好发扬光大雷锋精神，义乌市正洪爱心公益协会会同义乌市退役军人事务局、共青团义乌市委、义乌市新四军研究会，在银都酒店举办了"传递一缕光　善爱在行动"庆"八一"爱心结对活动。

新四军老战士朱光与义乌市雷锋馆馆长何青英握手

前来参加爱心活动的有原坦克二师政委、上海警备区副政委张龙，原南京军区十三分部副政委、《雷锋》杂志首席记者窦芒，义乌市人大常委会副主任、新四军研究会会长颜新香，南京市雨花台烈士纪念馆馆长李农，义乌市原政协副主席刘峻，共青团义乌市委副书记王鑫，义乌市慈善总会常务副会长吴林森，义乌市顺辉拉链有限公司董事长龚辉潮，原警卫连连长吕德水、黄正华等。义乌市稠江专职消防队"学雷锋服务队"，雷锋小学"红领巾"代表作为特邀代表参加了爱心活动。

爱心活动在齐唱《国歌》中拉开序幕，共青团义乌市委副书记王鑫致辞。在致敬新四军老战士环节中，胸前挂满勋章的新四军老战士朱光站在台上，精神矍铄，真看不出已是 91 岁的高龄。"我说一下几块勋章的来历。"他显然有些激动。走过半个多世纪的风雨，他心中的信仰未曾磨灭过。爱心传承人叶嫚依向新四军老战士朱光敬献了鲜花。义乌市雷锋馆馆长何青英赠送了自己亲自制作的艾草，祝愿老爷爷健康长寿。

林嘉麒母亲厉梅飞接受捐赠

在爱心结对环节，一曲《爱的奉献》音乐声响起，让在场的人们回忆起一个故事：4年前，身残志坚的"浙江好人"周芳良因车祸离开了人世，当他的儿子林嘉麒考上上海交通大学正为学费发愁时，"警卫连善爱团队"的蒋国勇、王文军、何青英伸出了友爱之手，承诺资助他上完大学。今天，林嘉麒的母亲厉梅飞来到了现场，再次接受捐赠，说话时声音咽呜了……

在全国开展的美丽乡村建设"绿水青山就是金山银山"的生态工程中，义乌的美丽乡村建设在全国可圈可点。然而，在全市推进的美丽乡村建设中，有一位村主任金正义，他在说了一句"我太累了，要休息了"之后，就再也没能醒来，留下了一双上大学的儿子金大双、金小双。就在这时，义乌市正洪爱心公益协会理事、浙江威特电梯董事长朱国建，浙江丽水松阳的原坦克二师老兵吴建林向他们伸出了援手。为金大双、金小双捐赠的还有金桂仙、金红倩、金华生、金志强、王钟、金云仙、王健芳、金荣甫、叶云财、金正华、王一飞、金财贵、楼江义、金爱香等爱心人士，他们有一个共同的心愿：让这兄弟俩完成学业，成为社会有用之人。

在爱心捐赠过程中，不得不说的是龚辉潮。他从小小拉链做起，走出义乌、走向世界，也成就了他的善爱人生。他自掏腰包为村里装电灯，让村民看到了光明；又出资10多万元用水泥沙石为村里修了一条3公里长的致富路。这天，义乌市顺辉拉链有限公司董事长龚辉潮捐赠10万元，资助100名贫困地区学生。

在荷花盛开的地方有一位美丽的女子，她用自己的实际行动唱响《爱的奉献》，先后为困难群众送去温暖，为失学儿童带来希望。她就是义乌市穗宝床垫总经理、正洪爱心公益协会副会长楼葵芳。她捐赠了10万元的爱心物资，同时，她还为所有参加爱心活动的来宾提供了住宿，又为少数民族地区学校赠订《雷锋》杂志和购置办公电脑等。

　　而义乌市爱心人士、正洪爱心公益协会副会长楼关海，为江苏省东海县李埝林场"正洪书屋"捐赠图书 6 万元。"学雷锋我快乐。"这是楼关海常说的一句话。他用实际行动践行雷锋精神，为西部贫困学生捐赠 10 万元，为雷锋小学建雷锋群雕又出资 8 万元，结对、资助贫困学生 10 多名。楼关海代表捐赠人员作了表态发言。

爱心人士捐款捐物

　　义乌市自从有了雷锋馆，全国各地的善友陆续会聚商城义乌，聆听雷锋馆的学雷锋故事，观看雷锋馆的学雷锋过程，让四面八方人士感受到了义乌学雷锋的温暖和温度。有这样一颗善爱的心，他就是张晓荣。义乌市雷锋馆副馆长、卓雅教育董事长张晓荣捐赠爱心款 5 万元。感谢他的努力，让雷锋馆在义乌落地生辉，让四面八方的人士陆续到义乌学雷锋送温暖。

　　对他们的爱心捐赠，会场响起了热烈的掌声。这是对他们的肯定，也是一种奖励。雷锋小学的少先队员向他们敬献了鲜花，原坦克二师政委、上海警备区副政委张龙少将为他们颁发了荣誉证书。《雷锋》杂志首席记者窦芒，为楼关海赠送原坦克二师政委、江苏"忠孝园"创办人陆凤彬将军书法作品"善爱无疆"。义乌市人大常委会副主任、新四军研究会会长颜新香为龚辉潮、楼葵芳、张晓荣赠送中国新四军研究会常务理事、《铁军》杂志副总编姚定范为本次爱心捐赠的书法作品。

　　书是最好的思想传播者，也是最重要的精神食粮。在今天这个特殊的节日里，《雷锋》杂志首席记者窦芒也为雷锋小学带来了一大笔精神财富，赠送《情怀》书籍100册。雷锋小学吴江君校长在为窦芒颁发捐赠证书时说："我们因学雷锋而结缘，这份情怀也将永远铭记学生心中。"

窦芒赠送《情怀》一书

　　有这样一个女孩，她身单力薄，却为家庭撑起了一片天空；她年龄不大，却扛起了中华传统美德——"孝"的大旗，她就是义乌最懂事的女孩宋颖。义乌市爱心人士王金星为义乌最懂事的女孩宋颖妈妈捐赠价值 15000 元的提高免疫力的保健食品。共青团义乌市委副书记王鑫为王金星颁发了捐赠证书。

　　是的，学雷锋他们一直在行动。义乌市稠江街道专职消防队"学雷锋服务队"原坦克二师退伍兵、学雷锋服务队队长吴滨作了"学雷锋一直在行动"的报告。这群人，身穿消防服，为爱逆行；这群人，鸣响警笛，神兵天降。他们就是消防队的消防官兵们。

　　是的，学习雷锋，我们一直在行动。义乌市正洪爱心公益协会副会长、原坦克二师警卫连炊事班长陈全学代沈雪林所作的"让生命之火在奋斗中闪烁"的报告，让大家热泪盈眶。

为协会名誉顾问颁发荣誉证书

　　义乌市前店小学是金华首个"雷锋小学"，学校一直有"学习雷锋"的优良传统，积极开展"做太阳的一缕光"学雷锋活动。雷锋小学校长吴江君介绍了学校学雷锋情况，她说："学习雷锋，从小做起，从点滴小事做起。雷锋小学的学生们正以自己的力量温暖你我，以实际行动向雷锋同志学习。"

有这么一群人一直关心支持原"警卫连善爱团队"的发展，几十年如一日从没有改变过。他们是原坦克二师政委、福建省委常委、省军区政委陆凤彬，原坦克二师政委、浙江省委常委、省军区政委马以芝，原坦克二师政委、上海警备区副政委张龙，原南京军区十三分部副政委、《雷锋》杂志首席记者窦芒，原义乌市政协副主席龚有群，雷锋生前连连长虞仁昌，原义乌市政协副主席刘峻，义乌市顺辉拉链董事长龚辉潮等人，被聘为协会名誉顾问。义乌市正洪爱心公益协会会长龚小忠为参加活动的张龙、窦芒、刘峻、龚辉潮颁发了聘书。

原义乌市政协副主席刘峻（中）接受聘书

活动过程中，银都酒店为参加爱心活动的林嘉麒妈妈厉梅飞、宋颖妈妈等提供了爱心房，义乌电视台金红倩捐赠了100箱"太岁仙生"饮用水。

慈心奉献爱，善行暖人心。温情系天下，爱心献中华。

他们是慈善事业的行动者；他们是爱心奉献的传播者。

附：

张龙政委在"庆'八一'爱心公益活动"时的讲话

各位来宾：

今天是"八一"建军节，在这个特殊的日子里，我们相聚在著名的国际商贸名城，参加义乌市正洪爱心公益协会举办的"传递一缕光，善爱在行动"庆"八一"爱心结对活动，我觉得非常有意义。参加今天活动的学雷锋标兵金正洪所在的原某部警卫连善爱团队，他们秉承"团结互助善爱"的精神，在商品经济高度发展的环境中，将学雷锋活动做得有声有色，并延伸发展为正洪爱心公益协会，使善爱奉献他人的足迹遍布全国各地，资助贫困学生1万多人次，参加爱心捐赠10多万人次，先后帮助50多万困难群众。今天，我要给他们点个大赞，感谢他们辛劳的付出。

金正洪在部队时是军内外闻名的学雷锋先进典型，转业到义乌后依然初心不变，一如既往把学雷锋"一缕光"精神变成"一片光"，这是我们当兵人的光荣，更是地方组织和有关部门关心支持和培养的结果。今天，义乌市人常委会大副主任、新四军研究会会长颜新香、原政协副主席刘峻、团市委书记傅凤丽、退役军人事务局局长杨其龙、慈善总会等有关领导和企业家、慈善大使，不仅参加活动，还传承红色基因，致辞寄语，积极捐献，爱心引领。我对所有支持关心正洪爱心公益协会的领导和各位表示崇高敬意，向所有军地爱心人士致以衷心的感谢。

　　今天，我从外地特意赶来参加"传承一缕光，善爱在行动"的庆"八一"爱心结对活动，心情非常激动。我和金正洪在老部队相识十几年，曾任政治部主任7年，师政委4年。期间，师党委曾多次发出向金正洪学习的号召。在老部队，金正洪可以说是无人不知的先进人物。正是在这个基础上，我们积极协调上级有关领导和部门，在北京召开了新闻发布会。中央电视台、《人民日报》《解放军报》、新华社对他做了集中宣传，全国省市的媒体也对他进行了报道，从而，让金正洪这个典型走向社会，走向全国。

　　从金正洪的成长、经历发展过程，我概括了4个特点：一是乐于善小而为，把小事做实做好；二是长于恒心持久，不因环境的变化而停滞；三是善于融合发展，积极创造良好的宜行氛围；四是精于学而有悟，在实践中注重提升自我。

　　最后，祝大家"八一"快乐，身体健康！

义乌市人大常委会副主任、
新四军研究会会长颜新香即兴讲话

各位来宾、各位爱心人士：

今天是"八一"建军节，对每个军人来说是个特殊的日子，因为93年前的今天人民军队诞生了。通过无数先辈的不懈努力和奋斗，我们的国家日益强大，人民军队日益强大。

这里面有每个当兵人的一份功劳，在此，我向各位曾经当过兵的转业退伍老兵表示节日的祝贺！

义乌是有着光荣传统的革命老区，早在抗日战争时期就活跃着两支抗日武装"坚勇队"和"八大队"，以朱光为代表的新四军老战士，为中国革命的胜利做出了巨大贡献。而中学生向新四军老战士致敬，就是发扬和继承传统的很好体现。开展"正洪爱心公益协会庆'八一'爱心结对"活动，我觉得很有意义，与会的既有来自全国各地热心公益的警卫连退伍老兵，也有义乌本地

的爱心人士；既有受过警卫连善爱团队帮助的少数民族地区受助学生代表，又有警卫连善爱团队成员参加的爱心体验。我觉得形式很好，内容也很丰富。

义乌爱心人士楼关海向东海县李埝小学"正洪书屋"的捐赠，本身体现了雷锋精神；对"浙江好人"之子林嘉麒的资助已坚持了四年，确实不易。不论是顺辉拉链龚辉潮对贫困学生的捐赠，还是穗宝床垫楼葵芳为少数民族地区捐赠爱心物资等，都充满了爱的正能量，谢谢你们。据了解，"义乌市正洪爱心公益协会"的前身"警卫连善爱团队"已走过了30多年的历史进程，他们先后让身患重病的河南尉氏徐卫贞站立起来，为退伍老兵丁建生、施其东捐过款，资助结对了千名贫困学生，足迹遍布全国各地。你们的行为既体现了退转军人的风采，也让商城义乌爱的温暖传送到祖国大江南北。你们不仅是义乌爱的标志，也是义乌爱的大使。

当前，义乌正处于全面深化改革开放、加快创新转型发展的关键阶段，迫切需要发挥社会主义先进文化的教育引领作用。在此，我希望大家不忘初心，牢记使命，继承和发扬新四军的"铁军"精神，做好义乌的"孝义"文章，把爱心发扬光大。

同志们，义乌是一座国际商贸名城，也是有爱的温暖城市，希望大家热爱义乌，宣传义乌。相信有你们的传承，雷锋精神也一定在商城义乌开花结果。

最后，祝大家节日快乐，身体健康！谢谢！

共青团义乌市委副书记王鑫致辞

各位领导、各位来宾：

　　今天我们齐聚在此，共同参与"传递一缕光，善爱在行动"庆"八一"学雷锋爱心活动，庆祝中国人民解放军建军 93 周年。在此，我代表共青团义乌市委向各位军人致以节日的祝贺和诚挚的问候，向一直以来辛勤付出、无私奉献的广大志愿者和爱心人士表示衷心的感谢。

　　雷锋是中国军人的杰出代表，也是当代青少年的学习榜样。雷锋精神是一面永不退色的旗帜，是中华民族的宝贵精神财富。义乌市正洪爱心公益协会缘自"警卫连善爱团队"，成立之初就始终坚守军人初心，弘扬践行雷锋精神，广泛开展济贫帮困、爱心助学等爱心公益事业。近年来，协会已累计帮助服务群众 50 多万人次，结对贫困学生 1000 多人次，关心关爱生活困难退伍军人，并在今年疫情期间捐赠了大量医疗物资助力防疫工作，用实际行动践行了新时代雷锋精神，得到了社会各界的一致认可与好评。

接下来，希望正洪爱心公益协会能继续秉承"奉献、友爱、互助、进步"的宗旨，进一步弘扬雷锋精神，矢志不渝做好志愿服务和爱心公益事业，切切实实为党政、为群众带来获得感，给"八一"军旗增辉添彩！最后，祝愿本次庆"八一"学雷锋爱心活动取得圆满成功，也祝愿正洪爱心公益协会蒸蒸日上，越办越好！谢谢大家！

弘扬雷锋精神　筑就善美雅园

吴江君

前店小学全貌

各位领导、各位爱心人士：

我是义乌市前店小学（雷锋小学）校长吴江君。前店小学的德育工作能走到今天，离不开上级领导，特别是金主任的大力支持，更离不开社会各界人士，也就是在座各位的关心帮助。感谢大家！今天我将以"弘扬雷锋精神，铸就善美雅园"为题，向大家做一个简单的汇报。

前店小学是金华市首所雷锋小学，学校借助"活雷锋"金正洪母校和义乌市青少年德育基地的资源，把"党建"和"队建"有机整合在一起。"雷锋+"德育品牌以"做太阳的一缕光"活动为载体，以争当"学雷锋标兵"为主线，"学雷锋"阳光月活动已享誉省内外。

经过几代人的努力，我校在德育方面硕果累累，先后被评为市文明单位、文明校园、红旗大队、优秀大队、慈善文化进校园先进单位等。特别值得一提的是，2016 年 5 月，我校被中华雷锋促进会授予"雷锋小学"荣誉称号，成为金华市首所"雷锋小学"。

一、开创和谐环境，营造"善美"氛围

我们的校园文化就是以雷锋文化为主线条营造的，我们有雷锋展厅、雷锋连廊、雷锋文化墙，矗立在教学楼之间的雷锋群雕是在座的楼关海先生捐赠的，我代表前店小学全体师生再次向楼关海先生表示最诚挚的谢意。

我们的教室中也有很多以雷锋为主题的布置，让孩子们时刻受到感染熏陶，进而内化为向雷锋学习的驱动力。

二、开展阳光活动，挖掘"善美"精髓

我校从多维度深入开展"学雷锋，做太阳一缕光"特色活动，充分发挥"雷锋小学"的引领、模范作用，凸显"雷锋品牌"，在向善向美的活动中，全体师生不仅锤炼了道德品性，也提高了学科素养和综合能力。

一是党队联动显初心。党队联动共建书香校园、共创文明义乌、共织爱心网络、共享幸福生活。去年我校党员爸妈陪伴留守儿童去绣湖广场、绣湖小学留下了珍贵合影；党员老师在校义务辅导晚归学生。

二是雷锋小队趋常态。每年的 3 月和 11 月是我校的学雷锋阳光月，孩子们都会自发组成"雷锋小队"开展公益活动，做到人人参与，人人奉献。文明劝导小雷锋扶老爷爷过马路等等。

三是特色品牌放光彩。学校借助"活雷锋"金正洪母校、"雷锋小学"、义乌市德育教育基地的优势，充分利用社会资源，

积极联系上级部门，组织特色活动，逐渐打响"雷锋品牌"。在学校会经常看到金主任的身影，真的特别感谢金主任20多年经常回母校，身体力行践行雷锋精神，让孩子们时刻感受到"活雷锋"就在他们身边。

2017年，开展了"共享一片蓝天，同在阳光下成长"活动，还开展了对接义乌市民工子女学校蓝天小学的爱心捐书仪式。2018年3月5日，开展了学雷锋我慈善、《爱在义乌》走进校园活动。2018年9月，在义乌市第二届慈善文化进校园现场会中，我校被评为慈善文化进校园先进单位，同时在活动中开展义卖，共筹得7000余元善款。这些善款在同年11月阳光月活动中用于爱心活动。2018年11月，我们去尚阳小学看望卫星班的特殊儿童，去福利院看望孤儿，两次活动的慰问品都是用义卖款购买的。这两次活动让孩子们深刻感受到，拥有健康的身体、完整的家庭是一件多么幸福的事情，使孩子们在献爱心的同时，更懂得珍惜当下的生活。2019年3月，在弘扬雷锋精神、共建文明义乌活动中，学雷锋标兵和雷锋班受到了表彰。2019年12月，我们开展"善启童心，情暖中华"综合实践活动：非遗美食进校园，助力义乌非遗美食的传承与发扬；爱心义卖筹得善款11931.7元，购买了200余只"爱心书包"，送往新疆温宿县吐木秀克镇兰干村教学点；打包邮寄爱心包裹，在献爱心的同时体验了"快递员"的艰辛。

三、开拓七彩研学，拓宽"善美"路径

我们设计了丰富多彩的研学活动，以提高学生的集体凝聚力、学习内驱力、综合实践力。具体从四大类特色研学课程展开阐述：品味历史文化、体验红色革命、感受科技魅力、亲近自然生态。

历史文化类研学活动以古代文明遗迹为媒介，带学生走进历史文明奇迹，感受埋藏在岁月里的绝代风华。博物馆的真实性，能让孩子们的学习资料从抽象变得更加直接、鲜活。孩子们一起走进古老文明的聚集地，开启一场神秘的生命之旅，参观远古生物进化留下的遗骸、化石……

红色革命类研学活动以组织学生参观红色旅游胜地的方式，培养学生对中国革命历史的兴趣，培育学生红色思想，提高学生精神境界。在新中国成立 70 周年之际，学校里掀起了"重走长征之路"的热潮，小红军体验了过草地、飞夺泸定桥、穿越丛林，学习红军不怕困难的革命乐观精神。

科技实践类研学活动以创新科技场馆为载体，让学生实地体验现代科学技术的伟大与神奇。二年级孩子来到义乌市新天地"思汀姆科学馆"，体验了"大象牙膏""瓶子吹气球"等实验，观看了"干冰表演秀"，亲身体验实践是科学教育最有效的途径之一，这激发了孩子们的好奇心和求知欲，进而培养了他们的科学思维和科学精神。

自然生态类研学活动通过真实的农耕活动，让学生感受劳动的艰辛；将劳动成果以义卖形式出售，用于帮扶贫困儿童，培养了学生关怀弱者、助人为乐的优秀品质。孩子们在学校的菜园里种菜，去稻田里收割，将劳动成果拿来义卖。

历经积累锤炼，我校"雷锋"品牌逐渐打响，"善美"特色文化凸显，各级各类媒体曾多次到我校采访报道，获得了社会各界的广泛好评。通过不懈努力，我校培养了诸如"爱心托举坠楼小女孩"陶航博这样轰动杭城的爱心少年，也培养了无数自强不息、乐于奉献的雷锋式好少年。

愿每一个前小学子心有阳光，照亮他人，温暖自己！

愿和大家携手并进，共建温暖义乌！

学雷锋一直在行动

吴　滨

各位首长、善友：

我叫吴滨，2002 年从坦克二师后勤部退伍，是稠江街道专职消防队学雷锋服务队的队长。下面，我把今年以来学雷锋做好事的一些体会向大家汇报一下，不当之处请批评指正。

体会一：学雷锋就是把份内的事做好。稠江街道专职消防队成立 10 多年来，始终坚持以雷锋精神建队育人，立足岗位学雷锋，专心致志干工作，保持军人本色，自觉践行雷锋精神，争当雷锋传人。

年初的一场突发疫情，牵动着全国人民的心，也牵动着专职消防队的心。当成千上万的白衣天使，为战胜疫情义不容辞奔赴抗疫一线时，我们这些不佩军衔的兵，和白衣天使一样，冲锋在一线，战斗在一线，成为最美逆行者。

　　除夕的钟声刚敲响，有的队员还没放下碗筷，就接到了稠江街道党工委抗疫的命令。当即，我们就召开全队会议，成立临时指挥部，安排人员、车辆，区分任务，迅速投入战斗。次日，又成立了"党员突击队"，驻守在火车站的公交站。在完成各大高速路口检查检疫执勤的同时，又分组接送湖北返义人员到各自居家隔离点进行自主隔离，在一线牢筑防疫安全防线。自觉做到党员带头、人员分工明确、搭配合理、精干高效。

　　2月8日元宵佳节，稠江街道专职消防队亲手制作汤圆，将一碗碗热乎乎的汤圆送到了各小区、村卡口的工作人员手中，给大家送去了街道党工委的温暖和节日的祝福！

　　在此次抗疫行动中，大家都起早摸黑，很多人很久没回家。队员杨汉军的妻子怀孕到了分娩期都不能照顾；党支部书记金红华始终以优秀共产党员的标准严格要求自己，以身作则积极参与到学雷锋服务活动中来，不分日夜坚守在酒店一线；那段时间，我女儿生病也未能回

学雷锋服务队救助受困群众

家照顾，妻子打电话来责问，我只好努力说服妻子，坚持和队员们奋战在战疫第一线。

在抗疫的日子里，队员们坚持在繁重的任务面前不低头，有时争分夺秒吃饭，常常累倒了，或一坐着就能睡着了。但一听说有任务，一个个又生龙活虎冲向前，较好完成了抗击疫情的战斗。

体会二　学雷锋就是要为人民群众解困。我们平时除担任抢险任务，还要帮助群众解困，哪里有需要，我们就要往哪里冲。今年初，一辆运送砖头的大货车陷进了沙地，司机试图用砖头垫轮胎脱困，不料轮胎后溜，手被卡在轮胎与砖头之间，动弹不得。得知险情报告，我们第一时间赶到现场，实施救援。通过使用千斤顶顶住大货车车身，根据杠杆原理，用砖头和钢管架住轮胎，并给轮胎放气，抬高轮胎以减少其与司机手背的接触面，再挖开周边的沙子，一点点敲破司机被卡手下的砖头，同时让司机配合往回抽手。经过20余分钟的紧张处置，成功帮助司机脱险。

3月5日是毛主席提倡"向雷锋同志学习"的纪念日，在这个特殊的日子，稠江街道专职消防队都会组织志愿者前往王坞坑村，开展"献爱心、传善心、暖人心"主题志愿服务活动，聆听老兵讲述他的故事，感受他的峥嵘岁月，陪伴老兵拉家常，了解退伍老兵的日常生活情况；暖人心，帮助老兵打扫卫生，整理家务，开展为老兵检查室内线路、维修灯具等志愿服务活动。我们所能做到的，就是哪里有需要哪里就有我们的身影。

5月4日，室外温度超过33℃，义乌熊孩子贪玩钻进"小黄狗"被困。孩子多待一分钟就多一份危险，救援刻不容缓。带队指挥员喻康平尝试着与孩子对话，确定其具体位置。先用撬棍撬开回收口缝隙，再使用液压扩张器进一步扩大空间，小男孩的身影慢慢显现出来。救援人员迅速伸手扶住大汗淋漓的孩子往外抱，脚上还"跟"出了不少塑料回收物。不到 5 分钟时间，孩子成功脱险。

体会三：学雷锋就是要将温暖带给他人。我们在学雷锋的过程中，注重结合中心工作，把党的温暖送给人民群众。

今年夏天，为了配合全市开展的"安全生产月"咨询日活动，我们头顶烈日，在市人力资源市场通过以与群众"面对面、零距离、互动式"的交流方式，宣传相关法律法规以及生活安全常识等，为过往群众提供消防安全宣传资料、宣传折页、消防纸扇、藿香正气水等。

一天，稠江街道某写字楼突然断电，导致 12 部电梯停止运行，34 人被困。我们火速赶赴现场，冒着酷暑来回爬了近 80 层楼，与电梯维修人员一起奋战一个多小时，成功救出 34 名被困人员。

吴滨和队友分发宣传资料

7月15日，在西江路桥上，有一女子跳江轻生。当晚，稠江专职消防队正在义乌江进行体能训练，得知情况，不到两分钟时间他们就赶到了现场。带队干部喻康平迅速组织队员沿江展开搜寻，很快发现江中女子的身影，随即让水性好的王煜康和童仕涛做好防护措施，下水施救。还没等消防救援人员游到女子身边，女子又被湍急的江水推着不断往下游冲，而此时系在消防员腰上的安全绳已拉伸到了极限。为了确保安全，喻康平一边指挥队员拉回王煜康和童仕涛，一边带队往女子随水流漂走的方向赶。后来，在热心的路过群众帮助下，终于成功将女子救上岸。

今年以来，我们在"弘扬雷锋精神，践行为民宗旨"中，做了一些有益的工作，先后参加救险排难200多人次，为有困难群众捐款2万多元，送出爱心茶2000多杯。相信在新时代的文明征途上，我们定会迈出更坚实的脚步，让学雷锋旗帜在商城大地高高飘扬。

让生命之火在奋斗中闪烁

沈雪林

各位首长、善友们：

我叫沈雪林，家住江苏吴江，1991年应征入伍，来到徐州王杰生前所在部队师直防化连当兵。通过同乡警卫连炊事班长陈全学，又认识了他们的司务长金正洪。由于我们的营房在一起，伙房紧挨着，加上我也是炊事班长，因而接触的机会很多。那时，金司务长已经是荣誉满身，多次荣立二等功、三等功，还是全军学雷锋标兵。能够认识金正洪，在众多战友的眼里，是一件令人羡慕的事。当时，我和陈全学都积极要求进步，时常会请教金司务长后勤保障和伙食技能等，他总是不厌其烦地给予解答。所以，我们之间结下了深厚的友谊。受金司务长影响，我在担任连队团支部副书记期间，成立了学雷锋小组，自费购买了修自行车工具，利用节日上街，义务为群众修理自行车、理发 1000 多人次，还参加了无偿献血与为"希望工程"捐款等活动。

陈全学宣讲沈雪林学雷锋先进事迹

我在部队服役三年，荣立三等功一次，嘉奖 6 次，还光荣地加入了中国共产党。服役期满后，我退伍回乡被安排在政府部门从事基层群众工作。因为经过多年部队的锻炼，加上受金正洪司务长无私奉献、助人为乐的精神熏陶，回地方后很快进入工作状态，当天能够解决的工作，绝不过夜。经过多年的努力工作，我自己觉得有了一定的工作能力，就组织退伍回乡的同年兵，成立了"老兵联谊会"，并被大家推荐为联谊会秘书长。我的初衷是：希望通过联谊会这个桥梁，增进战友感情，对一些有困难的战友进行帮扶。同时，在党费上缴和慈善捐款等方面，我每次总是多交多捐。

正当我卷起袖子在事业和善爱方面大干时，不幸降落在我身上。2003 年初，我感到身体不适，在原南京军区总医院查出慢性肾衰竭。面对人生不幸，我伤心过，悲观失望过，但我没有放弃自己。我想，每个人的人生都不会一帆风顺，既然我们来到这个世界上，哪怕生命再短暂，也应该鼓起勇气，让生命之火在奋斗中闪烁。在接下来的日子里，我每三个月去复查一次，这样经历了 15 年后，于 2017 年肾衰竭到了晚期，身体状况每况愈下，各项指标到了临界点，意味着生命之火就要熄灭。

当时，医生告诉我有两条路选择：要么每周三次的血液透析，要么尽快找到肾源移植。为了把有限的时间用于奋斗上，我选择了透析。经过近一年的透析，身体状况趋于稳定。但对于我来说，只有在每周三次躺在病床上，才把自己当病人。出了医院，从没把自己当病人。这正是部队多年磨炼和养成的品格。

陈全学与沈雪林在军营

现在我可以很高兴地告诉大家：我的日常生活仍是三点加一线，家、单位、医院。为了实现人生价值，上午在医院透析 4 小时，下午正常参加单位工作，还要管理几十号人。我主抓的群众工作，大到违章建筑，安全环境，小到邻里纠纷，鸡毛蒜皮，我都能利用自己 20 多年的工作经验和能力，圆满地处理协调好。我参加工作以来，虽然换了五六个单位，但不管在哪个岗位都能兢兢业业、勤勤恳恳，为年轻的同事们树立良好的榜样。

这些年，尽管我的身体欠佳，但对爱心活动从没有停止过。"警卫连善爱团队"每次捐赠我都参加了。2017年"六一"儿童节，"警卫连善爱团队"的陈辉、黄海芳去江苏东海爱心助学途经苏州，我很想跟他们一起去，但因身体原因，我把他们送到高速路口，从口袋里取出早已准备的500元红包，对同行的金正洪说："司务长，虽不能同你们一起去，但爱心不能少，这500元钱给结对学生买些学习用品吧！"今年2月，我得知爱心团队为湖北省来凤县中心医院抗击疫情捐赠医用物资，当我把1000元让陈全学转交时，陈全学关心地说："雪林，你的心意我们领了，但钱真的不能收。"后来，在我一再坚持下，陈全学帮我交了400元。而我将剩下的600元，通过爱心红包的形式完成了心愿！

首长和善友们，我只是像金司务长那样为贫困学生、遭难战友尽了一份爱心，与你们相比做得还很不够。因为身体和时间的限制，或许也无法与大家常见面了。在此，我只能默默地在心里祝愿大家。同时，请大家放心：不论我的生命有多久，我一定让生命之火在奋斗中闪烁，让人间多一些善爱，少一些病患，少一些贫困。

善友笔下的暖心事

那天，被我尊称为"楼老师"的楼关海发来一张图片，问"厚德滋福"几个字是谁送的？他因为行善，结识了一批善友。在国庆假期，有善友盛邀他们赴家宴。同去的有文人，有曾经的兵哥，也有商人，还有程咬金三板斧般的豪者。大家志向一致，相聚自然是要为善爱干杯。

在人生的道路上，行来去往，相逢是缘分，志投则同心。正所谓近朱者赤，近墨者黑。与什么样的人交往，直接影响着生活的质量和人生的处世方式。

与善者共处，自然内心温暖敞亮。这么些年来，我有幸结识了众多良友，不论年份多久，不管是否联系，都能以爱为圆心。可谓是与善为邻，以美相期，用心交往。如新兵班长彭伦祥，我们尽管30多年不曾联系，但彼此心里都珍藏着曾在军营共同生活的青春记忆；又如以帮助大山深处贫困孩子结缘且同为兵哥哥的邵光明，我们彼此一路相伴相随，结下了水晶般的友谊；再比如因一次追队采访而相识的窦芒政委，自从我们再次联系上后就相约善爱，他并相继在《中国退役军人》《雷锋》《至爱》等报刊上又发表了不少弘扬雷锋精神的新篇。

先圣孔子曾曰："与善人居，如入芝兰之室，久而不闻其香，即与之化矣；与不善人居，如入鲍鱼之肆，久而不闻其臭，亦与之化矣。"

是啊，常与善人相处，就像生活在满是兰芝仙草的温馨囿园，自是身染芳香。与人相处，人品为上。常跟正能量的人在一起，便会耳濡目染其善言善行，心胸随之宽广。

一切福田，都离不开心地。心地善良的人，必定品行高尚。所以"厚德滋福"载之心善向明，即以福报。

今天，我特意在本书中收录窦芒、彭伦祥、邵光明三位善友的文章作为一个爱的篇章。

串连在《雷锋》上的那些人和事

窦 芒

金正洪坚持学雷锋，我是"老新闻"，宣传雷锋精神有满满的情怀。因此，我们结下了30多年的"雷锋情"。

作者在2019年参加庆"八一"爱心活动

2018年与"当代活雷锋"再聚首后，更有幸成为"正洪爱心团队"的一员，几次应邀参加他们的活动，耳闻目睹许多相聚在雷锋旗帜下的人和事，见证并记录了金正洪从"一缕光"变成

"一片光"的难忘时刻。于是，从 2018 年第 6 期《雷锋》杂志刊发通讯《金正洪学雷锋——从一缕光到一片光》开始，《雷锋》和"雷锋微平台"上会时常出现警卫连善爱团队的人和事。她像一串闪光的珍珠，映衬着作为中国唯一一份以人名命名的"好人家园"更加光彩鲜亮。

在上海，为"雷锋"做红色向导

那年的"八一"前夕，金正洪与我沟通，准备带领"警卫连善爱团队"代表来沪慰问雷锋生前老连长虞仁昌。作为《雷锋》杂志首席记者，又已在上海工作生活了多年，我义不容辞地进行安排并担任"向导"：去五角场虞老的家里看望慰问，安排他们到"南京路上好八连"陈列馆参观，并与连队官兵座谈交流……与金正洪从义乌同行的有曾在警卫连当过兵的商翔集团董事长王文军，他从跨境电商做起，事业有声有色。

朱海平（后排左三）与警卫连战友在一起

　　记得那天上午，我在家里接到了一个陌生的电话，他说是警卫连的兵，在楼下了，接我一起去与金正洪一行会合。见到这个叫朱海平的兵，个子较高，至少一米八至上。"窦政委走吧!"他说话嗓门大，有当兵的味。后来知道他是上海闵行的，于1990年底入伍警卫连，先后参加了"警卫连创业小组"去徐州火车站摆摊设点免费为过往旅客提供图书阅读服务，去徐州献血站无偿献血，参加了战友王凤阳的爱心捐赠。退伍回上海后爱心不断，对警卫连善爱团队的爱心捐赠一次不落。为帮助少数民族地区贫困学生每月捐款200元。为传承宣扬雷锋精神，率先垂范。2015年在单位捡到手机送还失主。2018年9月在路上检到手机，想方设法找到失主归还。他把我每月送的《雷锋》杂志送给小朋友，并去小孩所在学校宣讲雷锋精神。

朱海平（右一）与战友龙爱军（左一）、班长饶瑞全（中）交谈

　　与此同时，朱海平积极参加"警卫连善爱团队"的各项爱心活动。2016年结对了湖北来凤的一名少数民族地区学生，并与所在小区学雷锋小组联系，谈了一些想法和建议。期间，还通过爱心团队平台，极力推荐几位同年战友，一起参与献爱心活动。

　　金正洪 20 世纪 90 年代即是全国精神文明建设标兵，原南京军区学雷锋标兵，二次荣立二等功。20 多年前从团职干部转业到老家义乌后，初心不忘，爱心不变，坚持学雷锋，做好人，献爱心。他不仅立足岗位践行雷锋精神，还带领和影响身边的人一起学习雷锋，乐善好施，转变社会风气。多次受到省市党委政府的表彰，成为当地闻名的"义乌好人"。

团队成员与"南京路上好八连"部分战士在一起

　　这次，他精心组织和筹划，带领义乌企业爱心人士和多年开展爱心活动的战友，冒着炎热，驱车数百公里来到上海。与 20 年前就在学雷锋活动中相识的虞仁昌老连长相见后，激动万分。90 高龄的虞仁昌连长说："'八一'快要到了，这是我们军人的节日，也是伟大战士雷锋的节日。每到佳节，我都会想起战友雷锋，想起那些坚持学雷锋做雷锋的好人。请《雷锋》杂志向全国的'雷锋传人'转达我的感谢！"

警卫连善爱团队队员卫刚、朱海平、金志强、金正洪、王文军、龚小忠和雷锋连长虞仁昌（中）合影

虞仁昌连长还即兴为大家书写了"雷锋精神永存"的书法。尤其是写好后拿出自己的印章，激动地说："这枚我保存了几十年的印章，当年可为雷锋的获奖证书盖过不少次呢！"

这次爱心团队上海之行后，我及时写了《"新雷锋"与雷锋生前连长虞仁昌沪上话当年》，在 2018 年 7 月 25 日雷锋杂志微平台上推出。

他们，相聚在"八一"军旗下

"千枝绿叶同根生。"用这句话形容金正洪爱心团队，我觉得很适合。一群曾经在一个连队"同住一幢房，同吃一锅饭"的老兵，长年坚持学习雷锋，快乐奉献。是什么力量使他们在五湖四海一条心，一人有难众人帮？

这几年，在参加警卫连善爱团队的活动中，在与金正洪同去西北坡、南京等地的交往中，在善爱团队的微信群中，我找到了答案：是火红的军旗，绿色的军营和炽热的友情……

　　这是 2020 年在义乌的"八一善爱"活动现场，我见到了来自江苏苏州的陈全学。这位曾在警卫连当过炊事班长的退伍老兵，对爱心活动十分热情。每次爱心捐赠都参与了，而且是在他的提议下建立了对警卫连战士特发事情的帮扶资金，并注入 5000 元。当在帮助因脑梗而生命垂危的河南尉氏徐卫贞、江苏泰州的丁建生后，了解到都因与喝酒有关，就在警卫连爱心群发出了"养成良好的生活习惯，为健康买单"的诤言，受到战友的赞扬。

　　2018 年 10 月，我陪同金正洪去南京接受《中国退役军人》的专访，是陈全学专门从苏州赶来接站。

陈全学（右一）去南京看望老军长郭锡章，从左依次是刘万培、金正洪

　　"窦政委您来了？"陈全学见到我热情地伸出了手。

　　"你们能放下手中的生意匆匆忙忙过来，我作为见证警卫连爱心团队成长的人，当然不能缺席。"的确，他们这些退伍兵的可爱之处是心中系善爱。他们每次都是当天下午到，第二天一早又走了，可谓是来也匆匆去也匆匆。

有感于他们的热心，我在 8 月 2 日的雷锋杂志微平台推出了《雷锋，让他们相聚在自己的节日——金正洪爱心团队'八一'开展爱心结对活动》：一群爱心满满的老兵，一次别开生面的节日活动。8 月 1 日下午，著名国际商品城浙江义乌市，因为有了"当代雷锋传人"金正洪爱心团队的学雷锋爱心结对活动，使建军节显得更加喜庆和温馨。

作者与参加爱心活动的警卫连退伍老兵合影。他们是后排（左起）：陈全学、未海平、季生祥、徐海富、王一飞、蒋为成、曹波、周芳鑫、金正洪；前排（左起）：罗莆、谢学斌、周飞、王国华、彭伦祥、柯杞进、黄海芳、斯双洪

市人大、市政协及教育局等领导和嘉宾也应邀赶来为老兵们的善心义举鼓劲加油。因为，他们对金正洪的学雷锋之路并不陌生：作为 20 世纪 80 年代的"全国精神文明建设标兵""南京军

区学雷锋先进个人"，金正洪在原王杰生前所在部队时，坚持在本职岗位上学雷锋，事迹上了《人民日报》《解放军报》一版头条。2004 年转业回到家乡义乌后，初心不变，一如既往地践行雷锋精神，投身社会公益事业，并带动众多的战友、同学和朋友行善向上，营造良好的学雷锋氛围……

"战友战友亲如兄弟，革命把我们召唤在一起……"活动在充满激情的《战友之歌》中开始。

从湖北来凤县赶来的沙坨小学饶校长首先上台。在给爱心团队赠送锦旗、给部分老兵颁发证书后，饶校长深情地介绍了金正洪爱心团队与学校结对，为贫困学生送温暖的感人故事。

湖北省来凤县沙坨小学领导向警卫连善爱团队赠送锦旗。图为学校副校长饶伟炎（左一）、学校德育主任何利宾（右一）、警卫连原指导员柯杞进（左二）、义乌爱心人士龚小忠（右二）合影

饶校长说：我们学校地处鄂西大山深处，现有 400 多名学生。这里虽然山清水秀，但生活水平较低，有的学生家庭比较贫困。

当孩子们拿到你们为他们捐赠的书包、文具盒、作业本等学习用品时，幼稚的脸上乐成了一朵小花；当寒门学子拿到你们结对帮扶款时，无助的脸上露出了久违的笑颜，家境贫寒的学生家长们也感恩不断……在这里，我要特别感谢金正洪、陈辉、王中南、周学祥、王文军、郭维发、陈国平、斯双红、缪文中、黄昌东、王子民、金洪军、金香娟、楼葵芳等爱心人士和老兵们，是你们的善爱之举，让寒门学子感受到了春天。特别是金正洪先生自2015 年 5 月第一次到我校起，千里之外的沙坨小学就成了他时时的牵挂。记得那年，他千里昭昭专程赶到我们这所地处大山的乡村小学，参加了学校举办的校园文化艺术节，为孩子们颁奖，激励孩子们奋勇向前……

楼江义（右）向学校捐订《雷锋》杂志

活动现场，部分爱心团队成员又分别认领了新的爱心结对项目。前年，义乌身残志坚的"浙江好人"周芳良因车祸离开了人间。去年，当其儿子考上上海交通大学为学费发愁时，善爱团队的蒋国勇、王文军、何青英等伸出了友爱之手，并承诺资助完成学业……现场进行的捐赠学费仪式赢得了阵阵掌声。

"今天，我们相聚在一起，是为了一个共同的名字——雷锋。"主持人的话语说出了全体老兵的心声。活动现场，义乌雷锋馆、义乌稠江专职消防队学雷锋服务队等单位和个人分别介绍交流了坚持学雷锋、为民送温暖的做法和体会。

"展雷锋事迹，尽心灵之善。扬雷锋精神，尽内心之爱。"何青英女士介绍：近年来，义乌雷锋馆不仅接待了 5000 多人次的参观学习，每月 5 日还坚持组织志愿者走进社区、农村开展各项为民服务活动，同时积极参加各种扶贫助学、无偿献血……"雷锋的名字不仅是一种铭记心底的文化符号，更是全心全意为人民服务的代名词。我们创办雷锋馆的目的，就是讲好雷锋故事，传承红色基因，传播正能量。"

作家胡友大（右一）向爱心人士赠送著作

　　"唱响新时代的雷锋之歌"，是退伍战士、绸江街道专职消防队长吴滨发言的主题。这个以退伍军人为主体的专职消防队，从今年3月成立"学雷锋服务队"以来，除每月进行善爱捐款外，还积极参与了帮扶贫困学生、资助孤寡老人和残障人士及无偿献血等学雷锋志愿服务活动，成为商品城义乌文明创建的一道亮丽风景。"我们不仅把'学雷锋服务队'的旗子挂在墙上，更把服务社会、奉献他人的雷锋精神印在心坎里，落实在行动上……"吴滨介绍的体会引起了大家的共鸣。

　　"爱心群"让战友们爱心相连。几年前，金正洪为了带领更多的人学雷锋，将原来部队的"警卫连勤俭节约小组"延伸组建了"警卫连爱心群"，平时通过手机微信交流互动。目前"爱心群"的100多人大多是警卫连退役的官兵，分布在全国10多个省市。善爱的力量使他们汇聚在一起。一次，金正洪在"警卫连爱心群"看到一条求助短信，说家住山东日照的警卫连退役战士何鲲从自家平房跌落摔倒，不省人事，颈部以下毫无知觉。虽手术比较顺利，但因家境不好，前段时间已花费医疗费10多万元，后期6个疗程的康复治疗仍需几十万元，家人已无力承担。金正洪了解情况属实后，在爱心群发出倡议，一天就收到几十个爱心红包。群里不少不认识他的战友也伸出温暖的手。原警卫连指导员韩永宏得知何鲲的不幸，两次转过去3000元；做保安的退伍战士郭维发虽然收入不高，但每次救助活动他都积极参与。短短几天，就为何鲲老兵筹到善款10多万元。作为"群主"，金正洪每天都会发一些自己学雷锋的"心灵鸡汤"与战友们共勉。在金正洪的影响下，群里的战友心里有什么想法就会互相交流，相互关爱。

爱心团队的善爱春风暖边陲

今年的阳春 4 月，我接到了金正洪的电话，让我参加正洪爱心公益协会成立后的第一次爱心活动。我知道他们每年 3 月 5 日都要开展学雷锋爱心活动，今年受疫情影响活动延后了。当时，我很想见证这次爱心结对活动，但因去海南回不来。虽人缺席了，但对善爱的报道不能缺席。于是，我收集资料，第一时间赶写了"善爱春风暖边陲——义乌正洪爱心公益团队结对云南阿昌"发表在 4 月 12 日的雷锋杂志微平台。

人间最美四月天，善爱之花再绽放。日前，在著名的商城浙江义乌，正洪爱心公益协会举行了与云南省阿昌族优秀（贫困）学子爱心结对活动。12 位爱心人士的现场认捐，为阳光明媚的春天再添学雷锋的一片暖意。

参加爱心结对的爱心人士在活动现场合影

　　"这是爱的合唱，也是一次善爱再出发！"由"全国精神文明建设标兵"、退役军人金正洪引领的原"警卫连善爱团队"开展学雷锋爱心活动的30多年间，有近万人次参与了爱心捐资助学、爱心帮困扶贫等活动，使50多万人次因此获益，近千名优秀（贫困）学生插上了理想的翅膀。不久前，正式注册更名的"义乌正洪爱心公益协会"凝聚了更多的爱心人士，继续接力并弘扬光大善爱传统，一如继往地开展学雷锋系列活动。

　　陈少简（左二）过了一个特殊的生日。左右为他的父母亲，右一为义乌市正洪爱心公益协会副会长楼蔡芳

　　爱心公益协会理事陶维永闻讯这次活动后，特意从数千里外的海南赶回，他说："关心优秀（贫困）学生我责无旁贷，我愿意认捐3位贫困学生。"

　　后宅小学的陈芳玲老师为从小培养子女的爱心，特意带来上初一的儿子陈少简来到会场，让其耳濡目染爱的奉献。今天正好是陈少简 13 岁的生日，协会副会长楼葵芳为其准备了的一份特殊礼物——生日蛋糕。陈少简表示："这是我过得最有意义的生日。长大后一定像妈妈那样做一个有爱心的人。"

龚小忠（中）为王一飞（左）、阎满仓（右）颁发捐赠证书

商城义乌是一座友爱、包容而且美丽的城市。义乌的发展离不开 100 多万外来建设者，他们活跃在城市建设的方方面面，为义乌的发展与腾飞做出了巨大贡献。今天，来自河南省驻马店市的原警卫连老兵王一飞、阎满仓也来到了现场。他们不仅用勤劳的双手参与描绘着商城义乌的美好，而且还参与各项爱心活动。龚小忠会长还为他们颁发了捐赠证书。

义乌市雷锋馆是学雷锋的一张名片，他们每年 3 月 5 日承接了全国各地爱心人士来义学雷锋的接待任务，参加了对"浙江好人"周芳良之子林嘉麒的爱心捐赠和对宋颖的爱心帮抚。今年 2

月，雷锋馆的张晓荣副馆长为新冠疫区湖北省来凤县中心医院捐赠了 5 万元。为感谢他们的大爱，全国精神文明建设标兵金正洪为他们颁发了"大爱无疆"的荣誉证书。

这次爱心结对的云南阿昌族是全国人数最少的少数民族。参加爱心结对的楼关海、楼云星、缪文中、叶香芳等表示：一定把永恒的雷锋精神，把正洪团队善爱助人的情怀传递到祖国的南疆边陲。

战友患病，
再一次真情汇集

今年 8 月中旬的一个早上，我在上海《至爱》

朱跃高资助的学生张莉容与母亲

杂志群中见到金正洪发的一条短信：各位善友早上好！我是商城义乌的善爱小兵金正洪。请问哪位老师认识复旦大学附属肿瘤医院徐汇院区中西医结合科的刘鲁明？我有一位安徽凤阳同连队的战友想挂他的号。

看到这段话，我马上意识到这名战友要到上海求医，病情肯定不一般。于是脑子里就开始"搜索"上海医疗方面的"资源"。上海交通大学附属肿瘤医院正好有一名前二年我帮助协调转业的原福州总医院博士，我随即通过微信联系，得到了明确的答复：主任，如张志友需要我会及时联系这方面的专家，并安排治疗。

于是我把这个情况告诉了金正洪，他兴奋地说："太好了，我马上让张志友联系您。"

张志友与战友魏临龙合影

早在前几天，我就从金正洪发的朋友圈中"相信善爱的力量"得知张志友的一些情况：在今年"八一"建军节前夕，金正洪从南昌原警卫连政治指导员柯杞进那里得到一个不幸的消息，安徽凤阳1987年兵张志友，因患胰腺癌动了两次手术，由于没有大病医保，很多治疗费用都报不了，而且家境不好，后续的治疗跟不上。前些天，他给张志友打电话询问此事，其很乐观地表示：生命的长短不是我所能决定的，但活着一天就要乐观开心一天。

张志友在当兵时，金正洪在连队当司务长，连队包包子、水饺，只要有空张志友都会过来帮忙。后来，他因工作成绩突出，给师政委当过警卫员，学过驾驶技术。他转业回到地方后，很遗憾因单位效益不好下了岗，但对善爱从没有间断过，为帮助素不相识的战友徐卫贞、丁建生、施其东、何鲲等，他都捐过款。当金正洪提议三一次滴水筹时，他却说："自己的病怎么能麻烦社会呢？""警卫连善爱团队由一些充满爱心和正能量的老兵、爱心人士组成，看到你的情况，他们会伸出友爱之手的！"听了金正洪的劝慰，张志友上了滴水筹。于是，金正洪把滴水筹的链接转发了，并附言：看了文字很感动，思考再三还是转发了。如果你有微簿之力，请伸出友爱之手，帮忙转发吧！相信善爱的力量一定能创造奇迹！你可以通过义乌市正洪爱心公益协会账号：工商银行义乌福田支行 1208021609100164987 捐赠，也可以直接点击水滴筹、警卫连善爱团队群捐赠。谢谢您的爱心！

　　后来，我又看到金正洪发的"感恩的，有您有我"的朋友圈。他说：昨天在朋友圈和"警卫连爱心群"发了原坦克二师警卫连战士张志友"让身患胰腺癌伴多发转移的我活下去"的链接，没想到短短一天，有近 200 次的转发和 400 人次的爱心行动，真的令人感动！特别是同一屋檐下的战友关爱之情感天地、泣鬼神，这就是一部《爱的奉献》。一方有难、八方支援是我们民族的优良传统，在这条路上走的人不仅收获快乐，也好运频连。我们不要感叹生命的长短，我们无需悲伤生活的艰辛，只要活着我们就应用全躯的力量，爱社会、爱他人，那怕是生命的最后一刻，我们也要把灿烂的笑容留下。

　　看了这些，我深受感动，并在朋友圈留言：从一缕光到一片光，爱心凝聚，真情汇集！

　　9 月 2 日，得知张志友已与上海肿瘤医院蔡博士沟通后，从安徽赶来看诊。我马上电话了解情况，并提出晚上请他们小聚，告知了详细地址。下午 5 时许，张志友一行 4 人（张志友及爱

人、也曾在徐州当过兵的弟弟及司机）驾车来到我住的军队经济
适用房"金秀苑"小区，我了解了他身体情况及专家意见，再三
挽留他们一起吃饭，住下第二天再返回，没能如愿。他们执意要
连夜赶回，做些准备，过几天再来上海治疗……

作者与张志友和弟弟张光在上海合影

蓝天白云，绿树红花，夕阳下的城市显得更美丽多彩，可我
的心情却十分沉重。目送他们返程离去的背影，我心中默默地为
这位病中的战友祝福：愿好人平安……

9月9日晚上8点多，"警卫连爱心团队"朋友圈里跳出金正
洪的短信：各位老班长、战友、善友们晚上好！近期我们善爱团
队开展对原警卫连老兵张志友的爱心捐赠，下面我给大家报告爱
心捐款情况，如遗漏请告知，再次感谢。"我打开详细的捐赠明
细表：爱心捐款共102人，计20950元。

　　9月10日一大早，金正洪及爱心团队的代表，带着战友们的一片深情，坐高铁，转汽车，赶到位于浦东的上海复旦大学附属肿瘤医院病房，将一亩爱心送到张志友手中。

楼关海、金正洪、张志友夫妇、缪文中、朱海平在上海复旦大学附属肿瘤医院住院部门口合影

为了孩子们灿烂的笑

彭伦祥

结对的三位学生陈昌庆、姚秀林、胡良春在义乌国际商贸城

那年的 7 月，天气异常闷热。当接到我曾经的兵金正洪的电话时，难掩激动的心，连声说："好的，好的！我一定带学生参加'八一'爱心结对活动。"这位曾参加过国庆观礼、受到过江

泽民总书记亲切接见豹"全国精神文明建设标兵""全军学雷锋标兵"的优秀士兵金正洪，是我的老战友。在部队时，我俩就志趣相投，亲如兄弟。自从 2016 年 7 月 23 日我与他时隔 35 年再次相逢之后，他就一直关心着我任教的来凤县沙坨小学的贫困（优秀）学生。

这几年来，以金正洪为代表的"警卫连善爱团队"，不仅慷慨解囊资助了我校 17 名学生，还关心着这些学生见识的增长和理想目标的对立。

山里贫困家庭的孩子由于各种原因罕有出门，见识少，对山外精彩的世界充满着好奇与憧憬。

金正洪和陈辉结对的孩子胡良春（左二）

2018 年 7 月上旬，金正洪给我打来电话说：警卫连善爱团队将在义乌市举办一次"庆'八一'暨爱心结对活动"，邀请我带领三名受助学生代表及家长前去参加，并全额提供我们的往返、食宿费用。其目的，是让孩子们去经济发达地区沿途看看祖国日新月异的发展变化，感受社会大家庭的温暖以及帮助他们树立远大的人生目标。

我马上通知了受助学生陈昌庆、姚秀林和胡良春的家长做好去浙江省义乌市的准备。这时，正值暑假。陈昌庆的父母在广州打工，姚秀林单亲妈妈因打工单位特殊无法前往，胡良春的父亲也在外打工，妈妈是盲人也不便同往。后来，陈昌庆的妈妈和胡良春的姥爷深知这是"警卫连善爱团队"给孩子的一次极好的温暖机会，只能珍惜，不能放弃。

8月1日凌晨，我们顺利抵达著名的世界商贸之都义乌市，并被安排在当地著名的银都酒店住下。这是银都酒店专门为来自恩施贫困山区受助学生及家长提供的免费"爱心房"。中午时分，"警卫连善爱团队"的部分善友也分别从全国各地齐聚义乌。

盛大的欢迎午宴开始了。金正洪首先将几位学生及家长和我一一介绍给善友们，尤其是陈辉还特意将自己的儿子从河南郑州带过来，与受助学生胡良春及家长一同见面，小哥俩第一次手拉手，一声"哥哥"、"弟弟"就把两颗幼小的心拉得很近很近。顿时，宴会厅里响起了一阵阵热烈的掌声，几位学生及家长早先的拘谨已被眼前的亲切和温暖氛围一扫而光，还与大家互致问候和祝福。孩子们吃得开心，喝得高兴，脸上全是绽开的笑容。

午宴后，从警卫连退伍的浙江籍老兵黄海芳、带着儿子的河南老兵陈辉又分别来到我们下榻的房间对孩子和家长逐一问候，并为每个孩子送上一个大大的红包作为见面礼。来自福建三明的退伍老兵魏若耿闻迅也来到房间，为孩子们送上大红包。

下午4时，警卫连善爱团队"庆'八一'暨爱心结对活动"在银都酒店三楼会议室隆重举行，在雄壮有力的解放军军歌声中活动开始了。

活动中，共青团义乌市委副书记王鑫在致辞中对我们来自恩施贫困山区的孩子及家长表示热烈欢迎，并勉励孩子们好好学习，长大后成为对国家、对社会有用的人才。善爱团队又为三名孩子分别赠送了千元大红包，福建三明的魏若耿又以个人的名义为我们沙坨小学赠送了 100 册价值 1600 余元的《雷锋》杂志。

黄海芳与他结对学生姚秀林

警卫连善爱团队的爱心帮助和关怀，孩子们不仅全看在眼里，而且定将这一件件实实在在发生在自己身上的善爱铭记于心。

学生代表陈昌庆在活动发言中这样说道：

敬爱的叔叔、阿姨们：

你们下午好！

首先，我代表湖北恩施贫困山区受各位叔叔阿姨捐助的全体学生向你们表示衷心的感谢，并向你们致以最崇高的敬意！

我们恩施山区地处湖北西南边陲，既是土家族、苗族等 29 个少数民族集聚地，也是早期的革命老区。这里山高林密，资源丰富，景色秀美。可是却被武陵山脉这一天然屏障阻断了我们与山外美好世界的联系。这里交通闭塞，信息不灵，经济、教育、文化等方面发展受到严重制约。但是，当地先辈们改造自然、发展生产、创造美好生活的愿望就一直没有停止过！

姚秀林（左）与陈昌庆（右）

然而，现实总是那么不随人意。直到如今，我们家乡来凤县还没有摘掉"国家级贫困县"的帽子，这里还有很多家庭因不同原因仍未摆脱贫困窘境，过着吃的在肚里、穿的在身上的贫穷生活。很多孩子也因家庭贫困失去了求学机会，甚至有的连念完小学也成了"奢侈"。我们学校的17名受助学生过去也是如此。

我们深知，要想改变贫穷落后的面貌，唯一的选项就是通过读书学习更多的知识，掌握更好的技术，提高工作能力。

对于贫困家庭的孩子来说，要想圆满求学梦那是多么难呀！

不曾想，我们是多么幸运，我们是多么幸福！是战友的情谊纽带将我们这群毫不相干的贫困家庭孩子的命运与你们紧紧相连！你们的爱心关怀如同雪中送炭温暖了我们的心灵；你们的捐资助学恰是及时雨延续了我们的求学梦。我们的脸庞从此再无愁容；我们的家庭从此有了希望！

　　现在，我们中有的学生即将升入中学就读，有的学生重振了学习自信。我们每个孩子都有不同程度的进步，所有这些都得益于叔叔阿姨们的善爱之举。

　　今后，我们一定铭记你们的谆谆教导，传承你们手中的善爱接力棒，勤奋学习，常怀善念，力争长大后成为建设祖国的担当人才和奉献社会的"雷锋"！

　　室内活动结束后，善爱团队又派专车带孩子们领略了义乌城市风貌，参观了建有当代"活雷锋"金正洪事迹陈列馆的前店小学，还参观了捐助人王文军及其夫人创办的主营国际贸易的"浙江商翔集团"的豪华气派厂区。在全球最大的"义乌小商品批发市场"，那高大豪华的城区和琳琅满目的各种商品，着实让孩子们感受到了现代商贸城市的格局和文明。

在义乌佛堂古镇

　　孩子们来到商城义乌，一直被浓郁的爱意呵护着。他们看到的是经济发达地区的繁荣美丽，见证的是伟大祖国的快速发展，亲身观赏到的是现代科技和文明的景象。

　　我想，这次义乌之行，一定能够在孩子们幼小的心灵留下深深的记忆，也一定能够更进一步地触发他们奋发读书的动力。

　　但愿今天的受助学生，就是明天的耀眼明星。我们有理由相信，美丽的善爱之花，一定能结出丰硕的果实！

水晶般的 30 年

邵光明

东海县是世界水晶之都，金正洪如同东海水晶一样有着一颗晶莹剔透、纯洁无瑕的心灵。正是他这颗真诚善良的心和独有的人格魅力，才将我们紧紧联系在一起。回顾 32 年的交往，我感慨万千。我们之间，不是战友胜似战友，不是兄弟胜似兄弟。我觉得用"君子之交淡如水，相识相知总是情"这句话来描述我们之间的交往，再恰当不过了。

英雄走进我的生活

我曾经也是一名军人，因在部队从事新闻报道荣立过三等功。1986 年我退伍回乡，在老家东海县李埝乡党委做了一名通讯报道员。正是这一职业，让我有机会了解接触到金正洪的事迹。

那是 1987 年的一天，我骑自行车上班。在李埝林场驻地，我遇到了初中老师冯同琦，他向我简要讲述了金正洪为他所在的李埝林场小学向孩子们献爱心的事迹。分手时，冯老师再三吩咐：一定要到学校采方，我们能做的就是要让大家知道金正洪为孩子们做的这些好事。

　　我上班的李埝乡和李埝林场是两个党委，因去李埝林场采访是跨区域，只能利用工作之余完成冯老师委托给我的事。

　　1987 年冬的一天下午，大雪纷纷扬扬。我提前处理完手头的工作，匆匆下班，直奔李埝林场小学采访。由于风急雪大，自行车骑不动，我就骑一会儿推一会儿，不到 10 里路程，走了近一小时。

　　我对这次的采访印象特别深。到了学校办公室，窗子四面透风，浑身冻得哆嗦，办公室内和室外的温度没有什么区别。我缓了一口气，坐了下来，掏出笔和采访本，与老师们慢慢打开了话匣子。校长苗则连和我的老师冯同琦，还有鲁廷武、陈怀友、陈士静、刘昌武等老师，你一言我一语叙说着金正洪 1984 年以来为李埝林场小学和孩子们所做的好事。

　　校长苗则连告诉我说：1984 年春，金正洪随部队汽车教导队来东海李埝林场集训。林场小学南边有个水库，战士们训练之余经常会到这里散步，孩子们放学回家时会沿着湖边玩耍，直到天黑才回家。战士经常给孩子们讲故事，一来二往成了好朋友。时间久了，孩子们一天不见解放军叔叔的身影就会想他们。

冯同琦老师的补充还原了金正洪为学校献爱心的来龙去脉。

有一天，金正洪和孩子们交谈时问小朋友：你们放学后在家都干什么？孩子们回答，除了帮大人干活就是磕房（过去农村孩子在一起玩的一种游戏，就是在地上画几个方块当房子，单腿从这个方框跳到那个方框，来来回回，谁跳的多谁就赢）、跳绳、捉迷藏。

金正洪又问：你们最喜欢做的是什么事呢？孩子们异口同声地说：最喜欢看小人书，可是没有。

金正洪看着这一张张稚嫩的面孔和渴望读书的眼睛，内心十分沉重。特别是在学校看到孩子们坐的泥台子、土凳子、水泥黑板时，暗暗下决心，一定要为孩子们做点什么。

金正洪向学校赠书

转眼两三个月过去了，部队完成训练任务后便返回了营房。可是，孩子们盼望着第二年春天训练队伍能够再来。

时间一天天过去了，孩子们慢慢淡忘了那些熟悉的身影。

突然，在1984年的"六一"国际儿童节前一天，学校接到了邮递员送来一个包裹，打开一看，里面有260多本小人书、故事书等儿童读物。老师们翻遍包裹也没有发现寄件人是谁，是从哪里寄的，只发现落款人上写着"人民中的一员"几个字。

到了年底，学校又陆续收到了30本《新华字典》和160多支水彩笔、圆珠笔，里面附有一封信，大概意思是：为鼓励孩子们好好学习，希望把这些作为"三好"学生奖品发给品学兼优的孩子们。

一年又一年，学校在每年"六一"节前都能收到大量书籍和学习用品。

1986年起，学校还收到了这位好心人为学校订阅的《中国少年报》《儿童大世界》《小猕猴桃》等7种儿童报刊。为此，学校专门腾出一间房子放这些书籍和报刊，学生们在课余时间就去那里阅读。在那个贫困的年代，孩子们在这里度过了一段又一段美好时光。

为了找到这位好心人，学校费了很大周折。开始以为是当年下放的林场知青，通过打听没有结果。后来又从林场在外地工作的人找起，也没有找到。最终，他们通过邮局一站、一站查找寄件地址，才发现所有这些好事，都是徐州某部战士金正洪做的。

1987年一个春暖花开的时节，东海李埝林场党委和学校老师及学生代表，专程来到金正洪所在的部队，当面向其表示感谢，并为他和部队送去了锦旗和玻璃匾。据了解，玻璃匾是用玻璃做的一种工艺品，上面是山水画，有毛主席的诗词，是20世纪80年代较为流行的馈赠礼品。

采访到这些素材后，我为金正洪不为名利、默默无闻做好事的事迹所感动。我对采访到的大量素材进行仔细筛选、慢慢消化。稿子写好后，没有急于发出，而是等待、寻找合适的机会，力求一炮打响。

转眼四五个月过去了，在 1988 年"六一"国际儿童节到来前夕，我对新发生的事情又进行了补充，然后写了一篇《战士金正洪关心儿童不留名——四年寄书近千册价值 500 元》的通讯稿，分别邮寄给省内相关报刊电台。出乎我意料的是，这篇报道在 1988 年 5 月 31 日同一天的《新华日报》《连云港日报》《徐州日报》同时刊登，并产生较大反响。

事后得知，这是金正洪学雷锋做好事以来，在公开媒体发表的第一篇报道。也因此，引起了军内外广泛关注。

20 世纪 80 年代，全国上下"解放思想、改革开放"正在进行。在国民经济极度贫乏、人民生活水平并不富裕的时期，金正洪的事迹在《新华日报》发表后，一石激起千层浪，如一颗卫星，照亮了人们的心灵，弘扬雷锋精神正是那个时代最需要的。

在那段日子里，《解放军报》《人民前线》、中央电视台等媒体记者陆续前来采访。也就是在那年的秋季，我见到了金正洪。

1989 年国庆，当我得知金正洪在天安门广场参加国庆观礼，并受到党和国家领导人的亲切接见时，内心无比自豪。

据了解，那些年金正洪除了关心帮助李埝林场的孩子们，还为失足青年、劳改人员、驻地群众做了很多好事。

就这样，一位英雄诞生了。从此，金正洪这位"全国精神文明建设标兵""全军学雷锋标兵""全国无偿献血状元"闯入了我的生活。在后来的这些年里，每当金正洪到东海活动，无论我有多忙，都坚持陪同并为之鼓与呼。

那些年那些人那些事

随着时间的推移，我们已经从青年进入中年，又将慢慢步入老年。这期间，我和金正洪的工作和生活也发生了许多变化。2004 年金正洪转业回到了地方，我也从乡镇来到县城。自 2003 年以来，我从李埝林场党委宣传报道员，到东海县建设局任人事秘书科长，县规划局村镇规划科长、办公室主任、党支部书记，县规划展览馆馆长（现在属县自然资源和规划局下属单位）。不论工作、生活发生多大变化，我们的联系始终没有中断。

邵光明、金正洪与冯同琦老师（中）合影

金正洪转业回到义乌老家后，离东海的距离更远了，联系也不方便了，我本以为他转业后不会再来东海了。可他的心始终放不下来，依然坚持不定期到李埝乡和李埝林场学校帮助那些家庭贫困的孩子们，为孩子们送去最贴心的关爱。

　　起初，由于交通不便，金正洪每次到东海都是汽车、火车来回转。加上学校人员调动频繁，通信不畅，给活动安排带来诸多困难。为此，我主动当起"联络员""服务员""报道员"的工作。

金正洪献血后留影

　　2006 年 5 月下旬，金正洪和义乌文联的一位叫徐敢的作家乘火车前来东海。那是金正洪转业后第一次来东海，我觉得金正洪再次回第二故乡，作为东海人，我应该利用这次机会大力宣传他的事迹，让雷锋精神在东海发扬光大。我先向建设局领导作了汇报，局领导在吃住行上给予大力支持。我又和县委宣传部领导详细介绍了金正洪的事迹，宣传部领导十分重视，安排文明办具体负责这次活动，并由报道科穆道俊科长牵头，邀请《连云港日报》、县电视台、《东海日报》记者跟踪采访。

　　5 月 25 日活动期间，金正洪在县委宣传部、县建设局相关领导和媒体记者陪同下，首先来到李埝林场小学，为孩子们捐赠了价值 2000 多元的书籍和学习用品。当天，金正洪还带着礼品看望退休老师冯同琦。看到多年没见的老朋友，冯老师激动万分，拉着金正洪的手说："你为李埝林场学校和孩子们做了那么多好事，我们永远都不会忘记你。"

在冯老师去世前，冯老师还和作者提起金正洪，连声称赞金正洪是我教学人生中遇到的最值得尊崇的一个人。

5 月 26 日，金正洪来到县实验中学，为上千名学生作了"新时期如何做一名有理想、有抱负的好青年"的演讲报告，他的事迹感染了每一位学生。在东海城区，金正洪还走进流动血站无偿献血。一位女青年得知他就是学雷锋标兵金正洪时，抑制不住内心的喜悦，请他签字留念，并坐到他隔壁的座位上，参与到无偿献血行列中。这位女青年边抽血边和金正洪聊人生、聊未来，希望自己也能成为一个对社会有用的人。

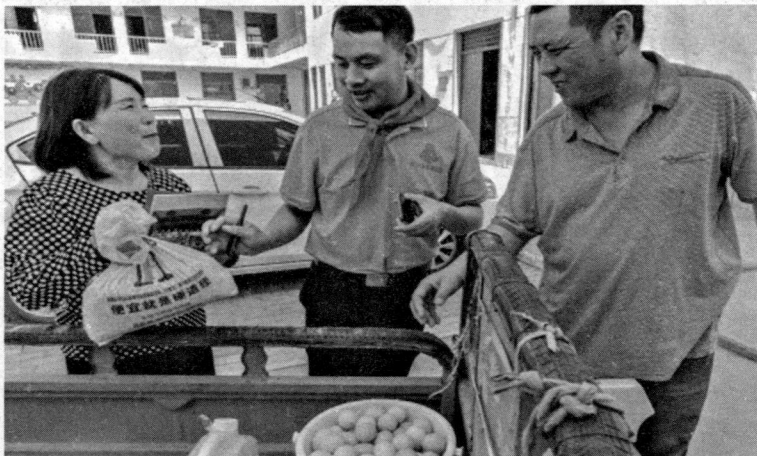

顾整队夫妇送鸡蛋

　　这些年来，金正洪和李埝林场、李埝中心校的老师、孩子和家长们建立了深厚感情。这里的教师退休了一批又一批，学生走了一届又一届，但不论是年轻人还是退休的老同志，提起金正洪就有说不完的心里话。每次看到金正洪，就像看到亲人一样依依不舍，难分难离。

　　有一次，已经退休在家的顾文静老师在县城看到我又问：金正洪现在还好吗？你一定要转告他，这年龄了一定要注意身体，做好事不能影响自己的生活，我们希望他永远健康快乐。

　　2019 年"六一"节前，金正洪将再次到李埝中心小学的消息迅速传开了。5 月 31 日这天一大早，东海县李埝乡高埝村农民顾整队骑着三轮电瓶车和老婆一起，带着自家产的花生米、花生油、土鸡蛋，来到李埝中心校翘首以待，就是为了等候金正洪的到来，当面感谢这位恩人。据了解，前些年，顾整队因身体不好，家中贫困，上小学的女儿顾一平几近辍学，是金正洪与其结上帮扶对子，每学期资助 1000 元学费，才使顾一平 2018 年以优异成绩考取县实验中学。现在，顾整队身体好了，积极开展多种经营，家庭生活得到很大改善。为了表达对金正洪的感激之情，他们夫妻俩听说金正洪要来了，生怕见不到，就提前准备好礼物，天一亮就赶到学校等着金正洪。见了面，夫妻俩亲切地拉着金正洪的手，千言万语不知道从何说起。面对土特产，尽管金正洪百般推辞，顾整队夫妻怎么也不愿把东西带回。临走时，顾整队夫妻俩和我说："受人之恩当涌泉相报，金正洪对我们的恩情，我们永远不会忘。"

　　金正洪就是这样，救助了一个又一个学生，挽救了一个又一个家庭。他影响和感染了东海无数个家庭和孩子们，这种精神将永远成为那些被资助的学校、家庭乃至学生本人的宝贵的精神财富，这种精神将影响和激励这些学生将来成为对社会有用的人，甚至成为千千万万个活雷锋。

自 2013 年以来，在金正洪精神影响下，前来扶贫助教的人数逐年多了起来，已经由过去的单枪匹马扩大为爱心团队。我先后认识了金正洪爱心团队的何青英、蒋雪方、陈全学、陈辉、朱海平、金志强、吴小军等爱心人士，他们的言行给我留下了深刻印象，他们永远是我学习的榜样。

水晶之乡人民不会忘记英雄

金正洪 30 多年如一日坚持为贫困山乡、贫困家庭的孩子们献爱心的事迹，感动了全国，感动了东海人民。在报道他的同时，也深深教育了我。

为了褒扬金正洪的无私奉献精神，1988 年以来，他先后多次被东海县委、县人民政府和李埝乡党委、政府授予"助教模范""尊师

邵光明与金正洪在李埝林场学校

重教先进个人"等荣誉称号。

2019 年教师节前夕，李埝乡乡长、党委副书记李宁给我打来

电话说：祝贺你的老朋友金正洪被评为扶贫助教先进个人，并委托我邀请金正洪前来领奖。由于路途远，加上工作忙等特殊原因，金正洪的证书最后由乡里快递寄去。

为了激发更多学生的学习热情，将他们塑造成和金正洪一样具有人格魅力、长大后成为社会有用的人，2006 年，李埝中心校专门成立了一个"正洪班"，鼓励同学利用课余时间为同学、为学校做好事。副校长李保冬告诉我说，自成立"正洪班"后，孩子们的精神面貌发生了很大变化，在"正洪班"全体同学的带动和影响下，全校学习、校风明显好转。

近年来，国家对教育布点进行优化改革。李埝林场小学撤并成为李埝乡一个教学点，原来的学校也已经改为他用。不论教学体制发生什么变化，不论学校机构隶属哪里，李埝林场小学于1988 年成立的"正洪图书室"一直保留着，它已经成为李埝林场一块金字招牌，成为当地爱国主义教育基地，是一届又一届学生最引以为自豪的地方，是孩子们获取知识营养的温馨港湾。

2019 年，连云港市委宣传部面向全市开展了第三届"聚焦文明"网络摄影大赛活动，主要征集反映全市在创建全国文明城市、乡村文明建设中涌现出的感人故事；港城市民在文明出行、文明旅游、文明餐桌、文明秩序、文明服务、文明乡风、文明家庭等方面的精彩瞬间；在助人为乐、敬业奉献、孝老爱亲、诚实守信、见义勇为等"爱、敬、诚、善"方面的善行义举。为此，我将金正洪 30 多年来坚持为孩子们献爱心的活动照片进行整理、挑选，并以组照《金正洪 35 年坚持为贫困孩子献爱心》的形式参加比赛。

金正洪的事迹通过网络传递后，打动了港城人民，打动了所有评委，最终这组照片以其感人的人物事迹获得了这次大赛一等奖，也是近 2 万张参赛作品中唯一的一等奖。连云港市摄影家协会主席张晓晖说，这个一等奖作品是万里挑一名副其实。后来，该组照片被收入中宣部主办的"学习强国"中，不少朋友打电话表示祝贺。

连云港市委常委、宣传部长滕雯（中）、连云港市摄影家协会主席张晓晖（右）和邵光明（左一）参观获奖的金正洪事迹组照

影展开幕式那天，连云港市委常委、宣传部长滕雯来到金正洪的照片前和我合影，对金正洪 35 年如一日坚持学雷锋做好事的善举给予了较高评价，她要求港城人民向金正洪学习，做一个不计得失、乐于助人、勇于奉献的人。

在和金正洪相处的这些年里，我深深感到金正洪的确是一个做事执着、知情达理、浑身充满正能量的人。10 多年来，每天早上打开手机，我第一眼看到的便是他从远方发来的问候。开始是短信，后来是微信，一年 365 天从不间断。一件小事的坚持，足以看到其人品。

通过宣传报道金正洪热心助人的事迹，教育了别人也感染了我自己。这些年来，我先后帮助过 50 多名贫困孩子和大病求助的家庭。2018 年，东海团县委开展农村小学生微心愿圆梦活动，我一次认领了 5 个孩子，为他们送去了上学急需的自行车、书包、文具以及御寒所需要的冬季棉衣等。当看到他们拿到心仪的物品时开心的笑容，我内心感到无比欣慰。这点，金正洪肯定比我体味得更深。

35 年弹指一挥间。回顾往事，感慨万千。金正洪身上有太多的故事，说不完，叙不尽。

2020 年 7 月 11 日，东海下起了瓢泼大雨。坐在办公室听着窗外哗哗啦啦的雨声，难得静下心来罗列这些文字，权当是对我和金正洪这些年交往的一个印记。

相信．在未来的日子里，我还会把更多、更精彩的故事呈现给大家，金正洪的事迹也将像水晶一样，成为东海人民不可多得的宝贵财富。

与 "雷锋将军" 陶克的三次握手

2020 年 10 月 17 日，陶克将军参观义乌雷锋小学

在我走过的 30 多年学雷锋路上，遇到了很多贵人。虽然平时彼此并不联系，但一提起却觉得十分亲切，仿佛就在眼前。那天，曾当过第十二集团军宣传处干事、后在联勤十三分部当过副政委转业回上海的窦芒打来电话，问我："你还记得《解放军报》的陶克吗？在报社当副总编时编过你的稿子。""记得记得，他要来义乌吗？"我感到有点突然，急切地问。对于《解放军报》我

有深深的爱，并不是因为报纸多次宣传过我，而是从进入部队那天起，我每天接触的读物最多的就是《解放军报》了。曾经与我有缘的军报记者曹建华、徐生、江永红等，自然一直铭记在心。陶克作为军报编辑，早已耳熟能详。

"陶总编听说你还在学雷锋做好事，想见见你。"

"好啊，随时欢迎来商城义乌做客！"我不假思索地回答。于是，我们就有了第三次握手。

西柏坡首次相见

2018年春，商城义乌已是行人匆匆，商贾云集，到处是一片繁忙景象。这天，窦芒政委打来电话，说《雷锋》杂志社在革命老区西柏坡开展精准扶贫，"警卫连爱心团队"要不要参加？当时，我一口应允："好的，我们一定参加。"

陶克将军与参加帮扶老区贫困群众的代表合影

　　窦芒政委随即发来一些贫困农户的资料和扶贫标准。当天，我就在警卫连爱心群说起此事，得到了热烈响应，报名参加帮扶的 5 名爱心人士，不到一个小时就到位。

　　第一个报名的是浙江怡康养老服务有限公司总经理毛青，她说："金主任，你说的扶贫老区贫困群众算我一个。""好的，谢谢你的善爱。"通完电话，她就把所需的 3000 元钱转了过来。后来，我把扶贫西柏坡农户的照片发了过去，毛青说："我很乐意做这些公益活动，为了孩子有良好的熏陶，今后有公益事说一下，我带孩子一起来。"当年"八一"爱心结对活动时，她的确带孩子来了。如今，已拥有 10 多家养老机构的她，尽管很少在义乌，但一有爱心活动她就会赶回参加。

　　第二个报名的是台联副会长蒋雪方，也是一个热心人。连续三届担任义乌市政协委员，让她对善爱有更深的理解。蒋雪方说，做好事是积善德，付出不多，受益却是自己和家人。这些年，蒋雪方不仅参加了湖北恩施、江苏东海的爱心助学，还热心接待来义参加爱心活动的警卫连战友。

　　还有楼云星、王子民两位，从建立警卫连爱心团队起，每年都捐赠 5000 元，不仅参加了爱心助学，还参与慰问困难老兵和结对贫困学生等爱心公益活动。

　　那天，收到《雷锋》杂志社参加全国学雷锋交流活动的邀请函后，我当即向市委组织部作了汇报。蔡副部长说："义乌有那么多义工、志工队伍不就是在学雷锋吗?! 这是好事，义乌不缺席。"在这里，真的感谢义乌市各级党委政府和机关部门对我学雷锋做好事的大力支持，因为有你们才让义乌的善爱走向全国。

　　6 月 24 日，我和窦芒政委同时到达石家庄。与会的有全国各地的学雷锋典型和公众人物，如"京城雷锋"孙茂芳、当代活雷锋郭明义等。

2018 年夏天，作者与陶克将军在石家庄

　　当天下午，在下榻的宾馆，我见到了原《解放军报》副总编、现《雷锋》杂志社社长陶克将军。

　　"金正共，我们虽没见过面，但早认识你了。你的很多先进事迹报道我都参加了编辑，你做得很好，我作为比你早入伍几年的老兵向你致敬。"

　　"首长过奖了，这是我应该做的。在你面前，我永远是个小兵。"

　　在我敬礼中，我们握了第一次手。

　　从交谈中得知：陶克将军来自河南南阳，1969 年应征入伍后，历任战士、班头、排长、宣传干事、副政治指导员、政治指导员等职位，一步一步从基层成长起来的。后来因为文字功底好，从部队宣传部门调入《解放军报》社，先后任政治工作宣传部编辑、总编室版面组长，后备力量建设部副主任，《中国国防报》副总编辑，《中国民兵》杂志副主编、主任编辑等。2013 年退休后，继续宣讲雷锋精神，2015 年创办《雷锋》杂志。与人合著的有长篇报告文学《中国雷锋现象》《大比武——辉煌与悲壮的回忆》《全球聚焦三十六小时——驻港部队随军记者现场写真》等著作，主编报告文学集《国际舞台上的中国士兵》等。

个人获得的荣誉也不少，《中国雷锋现象》获全国第四届优秀青年读物二等奖；长篇报告文学《1998 年长江大决战》获总政宣传部全军抗洪优秀报告文学奖；中篇报告文学《集团军长》获《昆仑》优秀作品奖、全军第三届文艺新作品奖。

"这次请你参加西柏坡活动，就是让你感受学雷锋氛围，通过交流学习，获得进一步提高。"

"谢谢首长，我会记住此行意义的。"

次日早上，我们乘车去西柏坡参加主题活动。在路上，认识了退伍老兵、高密"党员服务团"单政达书记，以及陕西省爱国拥军模范张娟娟、湖南湘西全国学雷锋标兵何煜等，而龙凡将军，孙茂

作者与参加活动的郭明义合影

芬老师则好汉不减当年勇，依然十分健谈。

活动过程中，天虽下起了雨，但并不影响大家的热情。在帮

扶革命老区环节，"警卫连善爱团队"毛青、王子民、蒋雪方、楼云星提供了种养植基金，传递了商城义乌爱的温度，而我与帮扶的贫困户一一见了面。

在石家庄市委宣传部组织的参观西柏坡纪念馆和党中央旧址时，我想到了毛主席的"两个务必"，如今看来依然有重大现实意义。谦虚不仅对党而言，对国家和个人也是如此。只有谦虚，才能行得更远。

第二天一早，当我退好房间，还上演了"花轿错"。当时，我叫同行的窦政委下楼，见一辆出租车停在门口，就对师傅说"你那么早？拉我们去机场的吧？"

"是的，这就走。"车子刚到门卫处，窦芒政委发现房卡没给总台，又停车送回。这间隙，我对司机说，当天约你哥的车，他没空就让你替代了，师傅连连点头。

可车子离开石家庄市区没多久，师傅的电话响起，他问："这电话是您的吗？"这个电话 135 开头，而我 137 显然不是。当师傅接完电话，惊呆了，同样在贵宾楼、去机场，而且都是兄弟代班，凑巧到家了。

于是，我赶紧跟约好的车打去电话，得知车已到亚太大酒店。说明原由后，让他赶快拉上被我们抢先一步而落下的客人。

石家庄是一个难忘的城市，除了整洁的市容，这里还有我青春美好的回忆，这不一大早还上演了"花轿错"，真是石城故事多。

随行的窦芒政委、孙龙根老总都是我的前辈，30 年前他们宣传雷锋，30 年后依然相聚在雷锋旗帜下，这也是雷锋永恒的缘吧。

上海警备区二次聚合

这一个月有些忙，从 24 日警卫连作家刘茂雪来义后，就没有消停过。这刚在武义开完两天的会，就马不停蹄赶车，去诸暨参加战友傅伯尧儿子的婚礼，终于在天黑前赶到了。在这里见到了许多 20 多年不曾谋面的、同在一个屋檐下的连队战友。婚宴结束后，想赶紧打道回府，无奈在远离市区打的费就要近百元的地方，连叫车也没有办法，只好先住下了。这时，有战友说曾在远华工作的肖总要去义乌，我想再忙也要赶回去尽好地主之谊吧。

陶克将军宣讲雷锋精神

次日，天刚蒙蒙亮，我就悄悄起床了。去晨跑时，顺便将包也带上。没想到在"海亮学校"附近早班公交专线车就来了，我毫不犹豫上了公交车直奔诸暨城区。

回到义乌，在办公室没待上几个小时，厦门的肖总一行就到了。我赶紧联系食宿，却说住宿不用管了。晚餐设在为 "学雷锋活动" 提供过 "爱心房" 的银都酒店。因次日一早还要赶往上海参加学雷锋活动，所以没敢尽兴。

不一会，曾写过《还是那一缕光》长篇通讯并分别在《雷锋》《人民周刊》《至爱》《报刊文摘》等报刊刊载的窦芒首长来电话说："明天这个点我怕迟到，你还是想办法今天晚上过来吧，陶克将军等已在上海等你见面呢。"

陶克将军（左二）在上海

一听到这，我想时间真的不要卡得太准，万一路上堵个车不就出洋相了。我赶紧让儿子改签当晚车票，并订好车站附近酒店。终于，在当夜11点入住民宿式的莎玛酒店。

早上，上海的战友朱海平、吴永军早早来到了莎玛酒店。在这之前，我已往申虹路北走了一个来回，这个靠近黄浦江的地方并没多少行人，显得有些清静。

从申虹路到上海警备区所在地并不远，而且是周日，却开了近50分钟车，如果不是当天夜里赶往上海，时间真有点紧，幸好窦芒首长想到了前面。

警备区的哨兵知道我们是来参加学雷锋会的，也就放行了。在这里我见到了雷锋连长虞仁昌，"南京路上好八连"的班长，还有"上海爱心妈妈团队"的王老师等。我最大的收获是，请到了《雷锋》杂志总编陶克将军为我即将出版的《爱在今秋》一书写序。

"首长，你好！"

"听窦芒说，你昨夜赶到上海的？辛苦了！"

"都是学雷锋，不辛苦。比起首长从北京赶来我算不了什么。"

"最近在忙什么？还好吧？"

"对了，我刚完成了记录团队学雷锋做好事的新书《爱在金秋》，能否请首长写序？"

"好啊，你把书稿发过来，我认真拜读后，写好交给你。"

他满口应允。这时，原第十二集团军的笔杆子、曾采访过我的程关生将军走了过来。他离开集团军后，曾当过南京军区宣传部新闻处长，后任职上海警备区少将副政委，如今已退出现职，却热心宣传雷锋。

"请两位首长去商城义乌看看吧。"我真诚地发出邀请。

"这次不了，下次吧。"

"好的，期待与首长的再次握手。"

"金正洪，我年龄大了，义乌就不去了，但雷锋将军一定去一次，看看商城人学雷锋。"在一旁的雷锋连长虞仁昌说。"雷锋将军"这一提法我第一次听到，见我疑惑不解，窦芒政委说："是这样的，陶总几十年潜心雷锋精神的宣传和研究，创办了《雷锋》杂志，与雷锋有缘。同时，老连长曾给他发过'雷锋将军'奖，所以就有了雷锋将军的称谓。"

"喔，我明白了。以后我也可以称呼陶总为雷锋将军。"

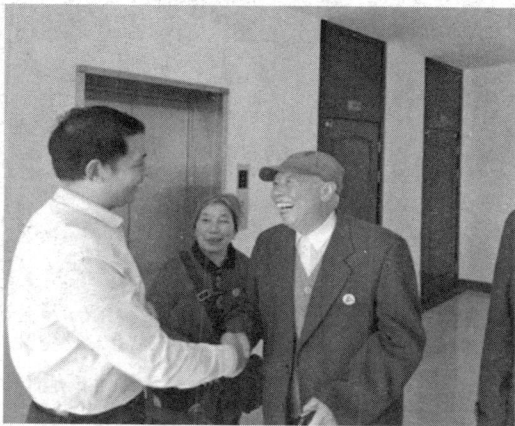

在上海警备区巧遇雷锋连长虞仁昌夫妇

中饭后，我就匆匆赶往虹桥高铁站，结束了上海的第二次握手，赶回义乌。这些天虽有些劳顿，却很快乐，我想也是周五晚CCTV4播的"乐活人"吧！

没过多久，陶克将军就发来了热情洋溢的序言。他说：金正洪这个名字相信大家比较熟悉。早在 20 世纪 90 年代，我当年在《解放军报》社工作时，就多次编发宣传这个全军典型先进事迹的稿子。今年夏天，《雷锋》杂志社在河北省西柏坡开展"西柏坡论坛——新中国、新时代的雷锋文化"系列活动期间，作为学雷锋典型的金正洪参加了这次活动。我们多年不见，这次相遇分外亲切。他还给我送来撰写的《爱在旅途》《爱在义乌》两本书。

陶克将军在上海看望雷锋辅导过的学生韩颂东

如果说《爱在旅途》一书是金正洪人生轨迹与思考以及对更多发生在军营人和事的记录，那么《爱在义乌》一书则是记叙他转业回到家乡后，一如既往坚持学雷锋做好事和如何影响带动战友、朋友和同学的。而《爱在金秋》一书是一部报告文学集，集中展现了一个个爱心人物的丰满形象，凸显的是他们美好的心灵与崇高的精神境界。

《爱在金秋》一书出版后，陶克将军还热心安排在《雷锋》杂志上对该书进行了专门介绍。

商城义乌第三次握手

2020 年春，受疫情影响，很多善事都没法开展，有些联系也推后了。好在全国人民团结一心，在党和政府的坚强领导下，打胜了疫情战斗。

那是国庆节后的一个晚上，陶克将军发来一条短信：14 号到浙江温州采访，到时去看你。我立即回复：热烈欢迎！我 18 号要去徐州参加战友女儿的婚礼，这之前都空的。

陶克将军（中）在雷锋小学学雷锋群雕前与大家合影

“好的，到时再联系。”

没想到，因为 18 号要去徐州参加战友女儿婚礼这句话，陶克将军特意提前结束行程，16 号晚上在温州吃过晚饭后便赶到义乌，已是晚上 10 点多了。

10 月的商城依然桂花飘香。早上，陶克将军一行来到雷锋小学。在学校"一缕光展览厅"，该校校长吴江君介绍：义乌市前店小学是金华地区首个"雷锋小学"，是"活雷锋"金正洪的母校。学校秉承"厚德懿善，知书尚礼"的校训，坚持"三生五自一缕光，修己惠人放光芒"办学理念，落实育人为本、德育为先，不断打造学校特色品牌。

学校借助"活雷锋"金正洪母校和义乌市青少年德育基地资源，把"党建"和"队建"有机整合在一起。"雷锋+"德育品牌以"做太阳的一缕光"活动为载体，以争当"学雷锋标兵"为主线，"学雷锋"阳光月活动已享誉省内外。

陶克将军为学校题词

为培养新时代雷锋式好少年，学校依托"善美"文化，秉承"让每个孩子绽放生命的光彩"办学宗旨，立足"善美"教育，打造"善美"STEM 课程，开展丰富多彩的研学活动，以提高学生的集体凝聚力、学习内驱力、综合实践力。

　　"学校的学雷锋活动开展得有声有色,雷锋小学名副其实。"陶克将军说完,欣然提笔写下:"前店小学把学习雷锋与学习身边的典型结合起来,让一缕阳光照亮学校,照亮孩子们的心田,为祖国强大、民族复兴培养了一代新人,向你们致敬!"

　　在学雷锋群雕前,随行人员感叹学校学雷锋活动搞得好,做得实,为青少年德育教育探索了新的做法。

陶克为学雷锋先进个人颁奖

　　参观完雷锋小学,陶克将军在银都酒店报告厅做了"新时代我们与雷锋同行"的报告,与会的义乌市正洪爱心公益协会理事、会员,特邀嘉宾,名誉顾问,义乌市新四军研究会,学雷锋公益协会代表等50多人聆听了报告。短短一小时的报告,不时爆发出阵阵掌声,与会人员普遍反映:听了陶克将军的宣讲,雷锋离我们很近,可敬可学。同来商城义乌的还有《雷锋》杂志社夏一萌、陈运军、吴维满、刘超等,义乌市正洪爱心公益协会名誉顾问、《雷锋》杂志首席记者窦芒也参加了活动。

会上，义乌市正洪爱心公益协会会长龚小忠为陶克将军颁发了名誉顾问聘书。

《雷锋》杂志总编辑陶克将军为获得学习雷锋先进个人荣誉的王健芳、楼关海、楼葵芳、黄昌东、吴婷婷、郑循福等颁发了荣誉证书。

义乌市正洪爱心公益协会名誉顾问、《雷锋》杂志首席记者窦芒为王健芳、郑晓清颁发了爱心结对卡。

我向陶克将军赠送了他作序的《爱在金秋》一书，而他回赠了《雷锋》杂志社创刊五周年的纪念邮票册。

参加本次活动的义乌市双拥办主任吴长龙说："通过陶克将军宣讲雷锋精神，活生生的雷锋在我眼前耀显，我们一定通过学雷锋、讲雷锋，让雷锋精神在商城发扬光大。"

中午，与会首长参观了国际商贸城一区、五区后，就匆匆离开了义乌。尽管时间很短，却余香不断，收获多多。

陶克与金正洪互赠礼品

后　记

为善爱干杯

　　那天，常以"学雷锋我快乐"为口头禅的楼关海老师发来一张图片，问放在他家里那幅灵隐寺方丈光泉书写的"厚德滋福"书法作品谁送的？一下子，我的思绪就此飘飞。

　　因为行善，一生结识了一批善友，有谦谦文人，有大爱商贾，有曾经兵哥，还有程咬金三板斧般豪爽人士，虽性格差异有别，却奔着同一个方向：献善爱心，行善爱事。

　　人的一生聚散匆匆，但所谓近朱者赤，近墨者黑，与什么样的人交往，直接影响着处世方式和人生高度。与善人共处，你会变得轻松自在，至少不会沦陷在算计别人与斤斤计较的狭隘自私之中，那么朋友三亲、邻里乡间，就会多一分包容，少一丝狡黠，多一份快乐，少一点疙瘩。

　　有一天，《雷锋》杂志首席记者窦芒发来一条短信：关生，因小手术失误，走了。惊闻噩耗，目眩良久。

　　一切仿佛眼前，依然是昨天的梦。立冬那天，程关生将军给我发来"冬日之梦"的图片,那晚秋满山枫叶红胜火的热烈,着实让我惊艳。当时,还约好来春3月,他来商城义乌讲雷锋故事,品义乌小吃。真没想到,将军竟突然爽约而别!

犹记30多年前,我第一次与程将军有缘结识。在我保存的7个日记本上,还清晰地留痕当时他作为第十二集团军工作组成员,来二师调查整理我学雷锋事迹材料时,所画过亮点句子的红杠杠。

后来,好长时间没有与程将军接触,只是从《解放军报》《人民前线》报上常见到他写的宣传报道。直到2018年秋,我去上海警备区参加上海《雷锋》杂志社工作站成立大会时,再次见到了他,此时他刚从上海警备区副政委的岗位上退下来。从此,我们又有了联系。

两年多来,他去学校开展雷锋讲座和参与社会学雷锋活动时,都会给我发发图片、文章,特别是他那怀念母亲的文章,写得情真意切,至情至性,让我感同身受。

在我们爱心团队开展的一些活动中,他也是热心的支持者与参与者。2018年冬,当得知我们为因从自家屋顶摔下致重伤的山东日照原警卫连兵何鲲进行捐赠时,程将军特意转来了200元爱心款;当我在朋友圈发出对"最美村官"金正义、警卫连兵张志友的水滴筹链接时,他也慷慨解囊。当我每次发爱心活动文章时,他都一一点赞或马上转发。

正当我庆幸学雷锋路上又多了一个老战友,并商定义乌市正洪爱心协会与驻沪善爱团队联手在南京路上做善事时,没想到传来噩耗: 昨天下午, 程关生将军去长征医院治疗肩周炎挂头孢时, 因急性休克去世。

从此, 我痛失了一位学雷锋的同路人, 社会痛失了一位善爱仁者。他才 61 岁, 正是可以发挥余热的时候, 却英年早逝。当时, 我质问苍天: 为什么好人不长命?! 但看了深秋那随风而逝的枯枝落叶, 我也就理解了与病魔和命运相抗, 人是多么的单薄与残酷!

与程将军的交往让我认识到, 做人如果能做到, 与来者逢, 与去者清, 与善者邻, 与真者伴, 居心已惯, 以心相往, 美人之美, 美美与共, 就没有过不去的坎, 没有蹚不过的河, 快乐也将永相随。

先圣孔子曾说: "与善人居, 如入芝兰之室, 久而不闻其香, 即与之化矣; 与不善人居, 如入鲍鱼之肆, 久而不闻其臭, 亦与之化矣。" 是啊, 常与善人相处, 就像生活在种满芝兰香草的温暖花房, 虽觉察不到香味, 却沐浴着善行的芬芳。与人相处, 人品为上。常跟正能量的人在一起, 说善言、行善事, 耳濡目染, 心胸自然会变得更加洒脱、宽广。所以, 一切福田, 都离不开心地善念、心地善良的人, 他的品行必定高尚, 一言一行令人尊敬。

由此看来, "厚德滋福" 谁送不重要, 重要的是心善如晶, 润泽四方。我一生有幸结识了那么多善友, 真是上天垂爱! 我的文字功底和语言表达能力, 虽不足以彰福他们的善行, 但至少这些从心底流淌出的暖流, 无疑真诚地表达了我发自内心的一份思慕，一份敬意。匆匆写下的这些片言只语代为后记，只为大声喊出：让我们为善爱干杯！

最后，也对在《爱在阳春》一书写作过程中给予过帮助的彭伦祥、陈正明、汪建华、徐敢、黄淑洁等一并致以谢意。